Lucy Gray

Theodor Boder

Lucy Gray

Fiktive Rekonstruktion der Hintergründe und Ereignisse

zu einem Gedicht von William Wordsworth

Theodor Boder Verlag

Erstausgabe
Copyright © 2017 by Theodor Boder Verlag,
CH-4322 Mumpf
Alle Rechte vorbehalten
Covergestaltung: Theodor Boder
Illustrationen: Roloff
ISBN: 978-3-9521993-4-3
Druck: Libri Plureos GmbH,
Friedensallee 273, 22763 Hamburg

www.boderverlag.ch

Handlungsort:
NORD-YORKSHIRE

Zeit:
1799

Das Gedicht:

Lucy Gray; or, Solitude

Oft I heard of Lucy Gray:
And, when I crossed the wild,
I chanced to see at break of day
The solitary child.

No mate, no comrade Lucy knew;
She dwelt on a wide moor,
– The sweetest thing that ever grew
Beside a human door!

You yet may spy the fawn at play,
The hare upon the green;
But the sweet face of Lucy Gray
Will never more be seen.

"To-night will be a stormy night –
You to the town must go;
And take a lantern, Child, to light
Your mother through the snow."

"That, Father! will I gladly do:
'Tis scarcely afternoon –
The minster-clock has just struck two,
And yonder is the moon!"

At this the Father raised his hook,
And snapped a faggot-band;
He plied his work; – and Lucy took
The lantern in her hand.

Not blither is the mountain roe:
With many a wanton stroke
Her feet disperse the powdery snow,
That rises up like smoke.

The storm came on before its time:
She wandered up and down;
And many a hill did Lucy climb:
But never reached the town.

The wretched parents all that night
Went shouting far and wide;
But there was neither sound nor sight
To serve them for a guide.

At day-break on a hill they stood
That overlooked the moor;
And thence they saw the bridge of wood,
A furlong from their door.

They wept – and, turning homeward, cried,
"In heaven we all shall meet;"
– When in the snow the mother spied
The print of Lucy's feet.

Then downwards from the steep hill's edge
They tracked the footmarks small;
And through the broken hawthorn hedge,
And by the long stone-wall;

And then an open field they crossed:
The marks were still the same;
They tracked them on, nor ever lost;
And to the bridge they came.

They followed from the snowy bank
Those footmarks, one by one,
Into the middle of the plank;
And further there were none!

– Yet some maintain that to this day
She is a living child;
That you may see sweet Lucy Gray
Upon the lonesome wild.

O'er rough and smooth she trips along,
And never looks behind;
And sings a solitary song
That whistles in the wind.

Composed 1799,
Published in Lyrical Ballads (2nd edition, 1800)

DIE FIKTIVE REKONSTRUKTION

EINE KLEINE FARM IN YORKSHIRE

Es windet stark … und die Tür des Schuppens springt nun auf und wird vom Wind hin und her geschlagen.

IM SCHUPPEN

Das Pferd wird unruhig.

FARM AUSSEN

Ein Mann (William Gray) kommt aus dem Haus … und eilt hinüber zum Schuppen. Seine Frau (Dorothy Gray) kommt nun ebenfalls aus dem Haus. Sie hat einen Korb am Arm und rennt zum Schuppen hinüber.

IM SCHUPPEN

William versucht, das Pferd zu beruhigen, als Dorothy die Schuppentür öffnet und hereinkommt. William sieht seine Frau an, während er noch das Pferd hält. Dorothy kommt langsam zu William.

IM HAUS

Lucy, die ca. 6-jährige Tochter, sitzt im großen Wohnraum am Tisch und zeichnet. Dann schaut sie von ihrem Platz aus kurz in Richtung Korridor, zeichnet dann wieder weiter und beginnt nun leise eine Melodie zu summen. Und dann beginnt es draußen zu regnen, und

*zwar innerhalb kürzester Zeit wie aus Eimern. Der Regen prasselt
auf das Strohdach. Lucy springt vom Stuhl auf und rennt zum Fenster.*

HAUS AUSSEN

*Hinter der Fensterscheibe sehen wir Lucys Gesicht. Staunend beob-
achtet sie, wie die Tropfen an der Fensterscheibe hinunter rollen.*

Die Farm ist im dichten Regen in der Landschaft kaum zu erkennen.

*Lucy schaut noch immer in den Regen ... geht dann aber vom Fenster
weg.*

HAUS INNEN

*Lucy geht durch den dunklen Korridor zur Haustür ... öffnet diese ei-
nen Spalt weit ... und schaut hinüber zum Schuppen. Dann schließt
sie die Tür wieder und geht zurück in den Wohnraum ... und setzt
sich wieder an den Tisch.*

AUF DEM HOF

*William und Dorothy kommen aus dem Schuppen und rennen über
den Hof ins Haus. Sie lachen.*

HAUS INNEN

*Allein von diesem kurzen Stück Weg kommen beide tropfnass herein.
Sie lachen noch immer. Sie gehen durch den Korridor in den Wohnraum. Lucy sitzt noch immer am Tisch und schaut die beiden jetzt
an.*

LUCY *(zur Mutter)*
  Hast du keine Eier mitgebracht?

Dorothy sieht zunächst ihren Mann an ... und dann Lucy ...

DOROTHY
  Die hab ich vergessen ... dann muss ich wohl oder übel nochmal raus.

WILLIAM *(zu Dorothy)*
  Lass nur ... ich hole sie.

FARM AUSSEN

William rennt wieder zum Schuppen hinüber ...

THIRSK

*Auch in der Stadt regnet es noch immer in Strömen ... und wir er-
kennen ganz undeutlich eine Straße und die Häuser.*

*Ein Mann verlässt ein Haus und läuft schnell die Straße hinunter,
die vom Regen total überflutet wird.*

*Er geht nun um eine Hausecke ... und biegt in eine andere Straße
ein. Er versucht, sich so gut wie möglich mit seinem Mantel vor dem
Unwetter zu schützen ... und an seiner Körperhaltung können wir
erkennen, dass er unter dem Mantel etwas mit sich trägt ...*

Er geht dann in ein Haus.

HAUS INNEN

*Unser Mann, er muss ein Bote sein, geht durch einen düsteren Korri-
dor ... und muss dann eine Treppe hinab, die nur schwach von Kerzen beleuchtet wird ... und kommt dann in einen Raum, in dessen
Mitte ein einfacher Holztisch steht, an dem im Schein einer beinahe
heruntergebrannten Kerze ein etwa 40-jähriger Mann (es ist der Gefängniswärter) mit strähnigem Haar hockt und eine Suppe schlürft.*

GEFÄNGNISWÄRTER
Verdammt nochmal! ... kann man nicht einmal in Ruhe essen?!
Hat hier einfach jedermann das Recht, mich zu stören, wann es
ihm passt?!

BOTE
Tom, entschuldige, aber ich bringe dir die Liste. Der Transport
findet bereits morgen früh statt. Um 6 Uhr.

GEFÄNGNISWÄRTER
Zeige mal.

Er liest die Namen auf der Liste.

GEFÄNGNISWÄRTER
Endlich, endlich werde ich dieses Gesindel los, alle zusammen.
Es ist schrecklich, denn der eine jammert, der andere weint,
der Dritte kotzt andauernd und beim Vierten weiß man nie,
ob er noch lebt – ein Denker und natürlich auch Dichter, sieht
aber aus wie ein Reverend. Dabei behaupte ich, dass der Mann
höchst gefährlich ist, denn mann weiß nie, was er denkt ... ich
glaube, der Kerl ist im Grunde zu allem fähig. – Komm mit, du
darfst dabei sein, wenn ich nun die frohe Botschaft verkünde.

*Er lässt seine Suppe stehen und nimmt den Boten am Arm ... und
geht mit ihm durch einen weiteren Korridor, der in den Zellentrakt
führt. Hier sehen wir zehn Türen, fünf an jeder Seite.*

GEFÄNGNISWÄRTER
Könnt ihr mich alle hören?! –

Keine Antwort ... eine beängstigende Stille herrscht.

GEFÄNGNISWÄRTER
Wenn ich eine Frage stelle, dann erwarte ich eine Antwort!

Aus drei Zellen tönt es:

Ja. – Ja. – Ja.

Dann geht der Gefängniswärter an das kleine vergitterte Fenster einer Tür auf der rechten Seite ... und schaut hinein.

GEFÄNGNISWÄRTER
Habe ich mich getäuscht oder habe ich eure Stimme etwa nicht gehört?!

Ein ausgemergelter etwa 50 Jahre alter Mann mit Brille hockt in einer Ecke.

GEFÄNGNISWÄRTER
Mr Colley, darf ich euch bitten, mir mitzuteilen, ob ihr meine vorherige Frage gehört habt?

MR COLLEY
Ja, – hab ich, – Sir.

GEFÄNGNISWÄRTER
Warum braucht Ihr bloß andauernd eine Sondereinladung? Aber Ihr seid es ja anscheinend gewohnt, dass man Euch die Hände unter die Füße legen muss. Als Mann, der mit Feder und Papier umzugehen weiß, seid Ihr sicher in vornehmen Häusern ein- und ausgegangen, mit schriftlichen Einladungen natürlich. – Leider muss ich Euch nun eine Einladung mündlich überbringen *(dies hatte er leise gesagt ... und nun an die anderen laut)* und auch an die anderen Herrschaften in diesem ehrenwerten, stinkenden Klub. Ihr, Mr Colley *(zuerst leise ...*

und dann wieder laut) und alle anderen, werden eine muntere Reise zuerst nach York unternehmen, wo sich noch andere Herren anschließen werden, um dann gemeinsam nach Portsmouth zu fahren!

EIN JUNGER MANN IM KERKER
Ihr kriegt mich nicht dorthin, ich will auf euren verdammten Schiffen nicht krepieren!

ÄLTERE STIMME IM KERKER
Sei still!

GEFÄNGNISWÄRTER
Die Herren scheinen ja schon zu wissen, wohin die Reise geht. New South Wales ist ein viel zu mildes Urteil für euch, ich hätte euch am liebsten alle an den Galgen gebracht!

EINE DRITTE STIMME
New South Wales?! – Ich will nicht dorthin, ich will England nicht verlassen!

ÄLTERE STIMME
Sei still!

GEFÄNGNISWÄRTER
Um sechs Uhr morgen früh geht es los. In der Zwischenzeit wünsche ich noch eine angenehme Nachtruhe, und gute Träume! Übrigens, es soll dort Kannibalen geben.

Der Gefängniswärter und der Bote verlassen den Raum. Aus einer Zelle hören wir nun ein Weinen und Wimmern.

ÄLTERE STIMME
Sei still!

DRITTE STIMME
Mich kriegen die nie dorthin!

Mr Colley sitz ruhig in seiner Ecke und putzt die Brillengläser.

ÄLTERE STIMME
Mr Colley! ... von Ihnen wissen wir eigentlich noch gar nichts!
Warum wurden sie verurteilt?!

Mr Colley hält mit dem Brille putzen inne.

MR COLLEY *(leise)*
Ich habe ein Buch gestohlen.

ÄLTERE STIMME
Was sagen Sie?! Wir verstehen nicht!

MR COLLEY
Ich habe ein Buch gestohlen!

ÄLTER STIMME
Was?! – Ein Buch?! – Sie riskieren Ihr Leben für ein Buch?!

MR COLLEY
Ja!

ÄLTERE STIMME
Und wie viel haben Sie dafür bekommen?!

MR COLLEY
Sieben Jahre Deportation!

ÄLTERE STIMME
(Feststellend) Sieben Jahre, wie wir. *(Und zu Mr Colley)* War der
Inhalt wenigsten gut?! Hat es sich gelohnt?

MR COLLEY
Ich weiß es nicht, ich habe keine Zeit mehr gehabt, es zu lesen.

*Alle lachen in ihren Zellen ... und Mr Colley setzt die geputzte Brille
wieder auf die Nase.*

THIRSK STRASSE

*Morgengrauen. Die ersten Sonnenstrahlen fluten durch die Straßen.
Vor dem Gefängnis steht der bereits mit Pferden bespannte Gefängniswagen ... und die Gefangenen verlassen soeben unter Aufsicht der
beiden Kutscher und des Gefängniswärters, sowie unter Beisein des
Beamten das Haus und steigen der Reihe nach in den Wagen. Es sind
die vier Männer von gestern und außer Mr Colley sehen wir die anderen drei nun zum ersten Mal. Der Jüngste weint wieder ... und der
Älteste, ca. 60 Jahre alt, sagt wieder in energischem Ton:*

Sei still!

Während die Männer einsteigen, hält der Beamte eine kleine Rede:

Wenn ihr euch dort gut führt, könnt ihr reiche und angesehene
Männer werden. Nach sieben Jahren werdet ihr euer eigenes
Land bekommen und seid frei. Denkt immer an meine Worte.
Ihr habt wirklich die Gelegenheit, aus eurem Leben noch etwas
zu machen.

*Die Tür des Wagens wird nun geschlossen ... und die beiden Kutscher
steigen auf ... und die Fahrt geht los. Der Gefängnisaufseher schaut
dem Gespann griesgrämig nach.*

GEFÄNGNISWÄRTER
Zum Glück bin ich die los.

FARM DER FAMILIE GRAY. AUSSEN

Wir hören zunächst Williams erregte Stimme im Haus:

Niemals werde ich unser Haus aufgeben!

… und dann Dorothys Stimme:

Dann lass mich noch woanders arbeiten! … Wie willst du denn
sonst unsere Schulden bezahlen?!

HAUS INNEN

WILLIAM GRAY
Er wird bestimmt warten, ich werde mit ihm reden!

DOROTHY GRAY
Und Robert?! – Er erwartet doch, dass du gleich bezahlst! Er
braucht das Geld genauso dringend wie wir!

WILLIAM GRAY
Ich werde mit beiden reden! –

William Gray verlässt nun das Haus … und geht in den Stall …

STALL INNEN

Er geht zum Pferd … und beginnt, dieses aus dem Stall zu führen.

LANDSCHAFT

Der Gefängniswagen fährt durch einen Wald.

WAGEN INNEN

WAGEN AUSSEN

*Der 2. Kutscher singt nun mit den Gefangenen mit. Der älteste Ge-
fangene unterbricht dann aber nach einer Weile abrupt sein Lied und
ruft zu den Kutschern:*

Hey! – Wann kriegen wir etwas zu saufen?!

2. KUTSCHER
In Helmsley!

ÄLTESTER GEFANGENER
In Helmsley?! – Warum fahren wir nach Helmsley?!

2. KUTSCHER
Ihr bekommt noch nette Gesellschaft! – Eine D a m e !

Beide Kutscher lachen.

ÄLTESTER GEFANGENER
Was? – Eine Dame?!

2. KUTSCHER
Ihr habt schon richtig gehört! Aber passt dann bloß auf, dass sie
euch nicht die Kehle durchschneidet!

Und beide Kutscher lachen schon wieder.

WAGEN INNEN

*Die Gefangenen sind verstummt und hocken nun alle nachdenklich
da.*

EIN ALE HOUSE INNEN

*William Gray kommt herein ... und holt sich an der Theke ein Bier
... und setzt sich dann an einen Tisch bei der Wand.*

*An der gegenüberliegenden Wand sitzt John, sein bester Freund, und
entdeckt William.*

William starrt gedankenverloren in sein Glas.

John geht zu William ... und setzt sich zu ihm ...

JOHN
  Tag, William.

WILLIAM
  Tag, John. Warst du schon da? ... Ich hab dich nicht gesehen.

JOHN
  Dort in der Ecke. – Du siehst bedrückt aus. Hast du Sorgen?

William runzelt die Stirn.

WILLIAM
  Immer das Gleiche.

JOHN
  Streit mit Dorothy?

WILLIAM

Ja, dabei müsste ich ihr eigentlich Recht geben. Sie möchte noch eine Arbeit annehmen ... Aber, ich bin dagegen ...

JOHN

Und warum?

WILLIAM

Weil ich möchte, dass uns unsere Farm ernährt. Verstehst du? Ich meine, wenn wir nicht mehr vom Land, das wir bearbeiten, leben können, dann stimmt doch etwas nicht.

JOHN

Da wärst du aber nicht der Erste, der das nicht mehr schafft.

WILLIAM

Ich weiß ... es fällt mir aber schwer, es muss doch Wege geben.

JOHN

Entschuldige. – Entschuldige bitte. Ich weiß, du vermisst Brian sicher sehr.

WILLIAM

Ja ... er war der beste Nachbar, den man sich wünschen konnte ... aber niemals würde ich aufgeben. – Ich müsste etwas mehr Land haben. – Da bist du besser dran, John, deine Werkstatt scheint dich gut zu ernähren.

JOHN

Wir müssen auch sehr einteilen, das Geschäft läuft manchmal nicht sehr gut. Es kommt mir manchmal vor, als ob die Leute ein ganzes Leben lang dieselben Schuhe an den Füßen hätten, die zu allem Elend auch nie repariert werden müssen. Es sind immer die gleichen Leute, die ihre Schuhe reparieren lassen oder neue kaufen ... und der Rest? Mir ist es jedenfalls ein großes Rätsel, denn zu Lee gehen sie auch nicht, sagt er jedenfalls.

WILLIAM

Vielleicht stellst du zu gute Ware her.

JOHN

Da hast du recht. Wahrscheinlich liegt genau darin das Übel.

WILLIAM

Dein Geschäft geht aber trotzdem noch so gut, dass du eine Hilfskraft gebrauchen und bezahlen kannst. Ich bräuchte gerade jetzt auch wieder eine zusätzliche Hilfe, aber ich kann diesen Mann nicht bezahlen.

JOHN

Lass Dorothy eine Stellung annehmen, sie möchte euch helfen und Geld verdienen.

WILLIAM

Sie hat doch bereits ihre Heimarbeit.

JOHN

Du bist nur dagegen, weil sie außer Haus arbeiten will ...

WILLIAM

Ja, genau. Und dazu noch bei einem dieser reichen Herren, die ihr Geld nur damit verdienen, indem sie ihre Arbeiter schlecht bezahlen. Ich gehöre auf meine Felder, John. Niemals werde ich in einer dieser Fabriken arbeiten gehen.

JOHN

Ich befürchte aber, dass diese Fabriken die Zukunft sind, William. – Dorothy will doch helfen, und diese Herren haben das Geld, das euch fehlt.

WILLIAM

Soll sie auch dort noch die Böden schrubben? – Aber sie würde es ja als Ehre empfinden, wenn sie nur schon durch die Seitentür in einem solchen Haus ein- und ausgehen könnte. – Ich glaube, sie ist nicht glücklich mit mir, das Landleben ist ihr vielleicht doch etwas zu fremd, vielleicht hätte sie an der Küste bleiben und einen Fischer heiraten sollen ... ich glaube, ihr fehlt das Meer.

JOHN
  Wenn du einverstanden bist, dann komme i c h dir helfen,
  und du musst mir auch nichts bezahlen.

WILLIAM
  Schon wieder, John? Ich stehe immer wie tiefer in deiner
  Schuld.

*Vor dem Ale House hält soeben der Gefängniswagen, der alle Gesprä-
che verstummen lässt und die volle Aufmerksamkeit auf sich lenkt.*

ALE HOUSE AUSSEN

*Die Kutscher steigen ab. Kutscher 1 bleibt bei den Pferden … und
Kutscher 2 geht zur Tür des Wagens und wendet sich an die Gefangenen:*

Ich nehme an, die Herren möchten ein Ale.

ÄLTESTER GEFANGENER
  Nein, wir bitten um vier Ales, für jeden eines.

Allgemeines Gelächter …

MR COLLEY
  Für mich bitte nur Wasser.

ÄLTESTER GEFANGENER
  Der Herr Dichter möchte wahrscheinlich einen klaren Kopf
  bewahren. Ich bin überzeugt, dass er das größte Werk aller Zei-
  ten schreiben wird, nämlich über unseren Neubeginn in New
  South Wales.

Wieder Gelächter …

2. KUTSCHER
Also drei Ales und einmal Wasser.

MR COLLEY
Ja, bitte.

Der Kutscher geht in das Ale House … und an die Theke …

ALE HOUSE INNEN

Alle Anwesenden beobachten gespannt den Kutscher …
Er bestellt 5 Ales und einen Becher Wasser. Das erste Bier trinkt er
gleich aus, während er darauf wartet, bis der Wirt die anderen ausge-
schenkt hat.

Ein Betrunkener steht nun von seinem Platz auf und torkelt an die
Theke.

BETRUNKENER
Sagt bloß, diese Kreaturen da draußen bekommen bestes Ale zu
saufen?!

2. KUTSCHER
Ja, so wie alle hier …

BETRUNKENER
Das sind doch Verbrecher, oder etwa nicht?

2. KUTSCHER
Richtig.

BETRUNKENER
Man muss also Verbrecher werden, um kostenlos saufen zu
können?!

2. KUTSCHER
Bis diese Männer in York sind, Sir, werde ich dafür sorgen, dass

sie noch mehrmals allerbestes Ale bekommen, denn bereits
in York wird ein anderer Wind wehen und in Portsmouth ein
noch viel schärferer. Diese Kerle werden dann für mehr als zwei
Monate mit dem Schiff unterwegs sein ... und sieben Jahre im
Dienste König Georges harte Arbeit leisten, ehe sie wieder freie
Männer werden. Für eine lange Zeit werden diese Verbrecher
also nicht mehr wissen, wie gutes Ale schmeckt.

BETRUNKENER
Und wer bezahlt bis York? Wahrscheinlich doch wohl die hier
Anwesenden und jeder im Land!

2. KUTSCHER
Da irrt Ihr, Sir, i c h bezahle!

*Der Kutscher nimmt zwei Becher und geht damit hinaus ... und der
Betrunkene wendet sich beschämt ab ... und torkelt wieder an seinen
Tisch. – Dann kommt der Kutscher zurück ... und holt die anderen
Becher. Bevor er aber den Raum wieder verlassen kann, ruft ein an-
derer Gast:*

Entschuldigt! –

2. KUTSCHER
Ja, bitte?! –

MANN
Eine Frage, die bestimmt alle hier interessieren wird. Stimmt
es, dass jeder Auswanderer in New South Wales das Land gratis
bekommt?!

2. KUTSCHER
Ja, das stimmt!

MANN
Und stimmt es ebenfalls, dass Gefangene nach verbüßter Strafe
ebenso gratis Land erhalten?!

2. KUTSCHER
Ja, das stimmt ebenfalls!

MANN
Ich habe gehört, das sollen pro Mann 30 acres sein und noch
zusätzliche acres, wenn er eine Frau und Kinder hat. –

2. KUTSCHER
Wie viele acres es genau sind, weiß ich nicht, aber in New
South Wales bekommt jeder eine Chance, wenn er diese zu
nutzen weiß.

MANN
Dann ist also doch was Wahres dran, dass man als Verbrecher
weit besser gestellt ist, denn als rechtschaffener Mensch, der ein
anständiges Leben zu führen versucht und seine Überfahrt noch
selber bezahlen muss. Ich muss also nur eine Kleinigkeit stehlen
und kann ein besseres Leben beginnen.

2. KUTSCHER
Sie sehen das ganz falsch, Sie müssen nicht erst Verbrecher werden, Sie haben ja die Möglichkeit auch als freier Mensch nach
New South Wales zu gehen oder gar nach Amerika – aber Sie
müssten sich eben aus freiem Willen entscheiden, was manchmal ja nicht so einfach sein soll. Diese Herren da draußen, und
auch die Dame, die dann noch dazukommen wird, haben nicht
selber entschieden und würden vielleicht lieber in England
bleiben. Diese sind Ihnen gegenüber also im Nachteil. Zudem
werden sich diese Herrschaften im neuen Land auch zuerst be-
währen müssen, und vielleicht auch gegen gar manche schlechte Charaktereigenschaft einen harten Kampf führen. Und wer
weiß, ob sie dann in Zukunft als freie Menschen wirklich werden bestehen können. Ich nehme an, dass Sie sich selber nichts
vorzuwerfen haben, Sir, Sie sind also noch immer im Vorteil.
Aber, wie ich gehört habe, würde Sie die Überfahrt auch als
freier Mann nichts kosten ... England braucht dort neue Siedler.

Der 2. Kutscher nimmt die restlichen drei Becher und geht hinaus ...

Allgemeines Gemurmel entsteht im Raum ... man hört Sätze wie:

Recht hat er ...

... und:

... zum Teufel mit diesem Gesindel ...

Alle im Raum reden über das Auswandern ... an jedem Tisch verstehen wir einige Gesprächsfetzen ... einer steht dann von seinem Tisch auf und ruft in den Raum:

Das lass ich mir nicht entgehen! ... 100 acres werde ich bekommen ... und bis wir in New South Wales sind vielleicht noch mehr!

Er verlässt den Raum ... und alle reden weiter. An einem Tisch sagt einer:

Seine Frau soll schon wieder ein Kind erwarten ...

Und sein Tischnachbar fragt:

Wenn ein Kind stirbt, muss ich dann einige acres zurückgeben? –

Für einen Moment schauen sich die beiden Männer fragend an ...

Wir sind nun bei William und John ...

WILLIAM
Kann Auswandern die Lösung sein?

JOHN
Wenn du hier nichts hast, bestimmt.

WILLIAM
Manchmal frage ich mich, was uns die Zukunft noch alles bringen wird ... allein schon die Dampfmaschinen scheinen viel zu verändern. Einige Fabriken kommen bereits mit weniger Arbeitern aus. Wer weiß, vielleicht wird bald ein dampfbetriebener Pflug meine Äcker pflügen.

William und John lachen.

JOHN
Übrigens, bei Mr Patrick ist eine Stelle frei ... vielleicht was für Dorothy ...

WILLIAM
Bei Patrick? ... diesem Menschenschinder? –

JOHN
Ist er wirklich so schlimm wie man behauptet?

WILLIAM
Er soll seinen Arbeitern kaum Pausen gönnen, und wer es nicht schafft, wird entlassen. – Und du glaubst, eine Beschäftigung bei diesem Menschen könnte was für Dorothy sein?

JOHN
Als Dienstmädchen ... nur für besondere Anlässe ... – Es heißt, sein persönliches Personal würde er gut bezahlen ... – Es ist übrigens Elisabeth Bunn, die sie nachher abholen werden.

WILLIAM
Elisabeth Bunn? – Aber warum? Sie ist erst 25 Jahre alt ...

JOHN
... und eine Diebin.

WILLIAM
Aber sie war doch immer ein rechtschaffenes Mädchen, hat
auch bei uns schon gearbeitet ...

JOHN
Sie hat bei Mr Patrick Käse gestohlen, auch einen silbernen
Löffel und noch anderes.

WILLIAM
Und wie lange muss sie dafür büßen?

JOHN
Sieben Jahre, erzählt man.

WILLIAM
Hat sie je eine Chance wieder nach England zurückkehren zu
können?

JOHN
Wenn sie nach sieben Jahren das Geld für die Überfahrt zusam-
menkriegt ...

WILLIAM
Elisabeth Bunn ... eine Diebin. Dorothy wird es nicht glauben.

JOHN
Wie steht es nun mit meinem Angebot? Ich hätte morgen Zeit.

WILLIAM
Ja, ich wär schon froh ...

*Der Kutscher bringt die leeren Becher zurück und bedankt sich ...
und geht dann wieder. Wiederum sind für einen kurzen Moment alle
im Raum verstummt.*

ALE HOUSE AUSSEN

Beide Kutscher steigen auf ... und fahren mit dem Gefangenenwagen davon ...

WAGEN INNEN

Wir können nicht sehen, wohin die Fahrt geht, denn das kleine Fenster an der Tür wird vom Kopf des jüngsten Verbrechers verdeckt.

Der Wagen hält etwas später an ... und der junge Mann versucht krampfhaft, durch das kleine Fenster das Geschehen verfolgen zu können.

WAGEN AUSSEN

BEAMTER
Ihr kommt Elisabeth Bunn holen?

2. KUTSCHER
Ja.

BEAMTER
Kann sie bei euch oben mitfahren?

2. KUTSCHER
Sie würde es hinten weitaus bequemer haben, vor allem wäre sie vor dem Regen geschützt, ich glaube, wir werden in ein schlimmes Unwetter kommen.

BEAMTER
Sie fürchtet sich etwas vor der Gesellschaft im Wagen, und wir möchten nicht als Unmenschen in die Geschichte eingehen.

2. KUTSCHER
Die Herren sind vollkommen harmlos, alles ehrenwerte Herrschaften, aber wir werden Sonderwünsche natürlich berücksichtigen. Die Dame wird bei uns einen Logenplatz bekommen.

WAGEN INNEN

ÄLTESTER GEFANGENER
  Kannst du sie sehen? –

JÜNGSTER GEFANGENER
  Nein, – ich kann auch nicht gut verstehen, was sie sagen. Aber
  ich glaube, sie wird nicht hier hinten bei uns mitfahren.

ÄLTESTER GEFANGENER
  Was? – Dann werden wir die Dame womöglich nie zu Gesicht
  bekommen.

JÜNGSTER GEFANGENER
  Ich glaube, sie kommt.

*Der Älteste drängt nun den Jüngsten vom Fenster weg ... und versucht
mit verdrehten Augen, die ihm beinahe aus dem Kopf fallen, etwas
sehen zu können ...*

ÄLTESTER GEFANGENER
  Ich kann sie sehen ... ich kann sie sehen ...

DRITTER GEFANGENER
  Ist sie hübsch? ... sag schon ...

ÄLTESTER GEFANGENER
  Ja sehr ... und sehr jung ...

WAGEN AUSSEN

*Der 1. Kutscher sitzt oben auf dem Kutschbock und hält die Zügel
... und der 2. Kutscher hilft Elisabeth Bunn hinaufzuklettern. Der
Gefängnisbeamte hält das kleine Bündel mit den Habseligkeiten der
Gefangenen. Der 2. Kutscher nimmt dann das Bündel ... und ver-
staut es in dem kleinen Laderaum unterhalb des Wagens. Der älteste
Gefangene ruft währenddem leise aus dem Fenster:*

Hey ... Hey ...

... der 2. Kutscher geht dann zu ihm hin.

2. KUTSCHER
Was gibt es denn?

ÄLTESTER GEFANGENER
Sagt mal, warum fährt die Lady nicht hier hinten mit? Sind wir
etwa Unmenschen? Keiner von uns hat einen Mord auf dem
Gewissen, und die Dame wahrscheinlich auch nicht, sonst hätte
man sie doch wohl eher gehängt.

2. KUTSCHER
Richtig, sie hat etwa gleich viel auf dem Kerbholz wie ihr, aber
ihr seid ungewaschene und stinkende Bastarde. Keinem Menschen kann man zumuten, die Gesellschaft mit euch verbringen
zu müssen.

ÄLTESTER GEFANGENER
Ungewaschen und stinkend? – Wie hätten wir uns waschen
sollen, wenn man uns seit drei Wochen nicht einmal genug
zum Saufen gegeben hat? – Hat die Dame etwa Sonderrechte
erhalten? ... und wie hat sie sich die verdient?

*Der 2. Kutscher geht nun ganz nah ans Fenster und redet sehr leise
aber bestimmt mit dem ältesten Gefangenen ...*

2. KUTSCHER
Es gibt Leute, die verstehen bei solchen Bemerkungen keinen
Spaß. Ich rate dir deshalb, sehr vorsichtig zu sein. Und denk
daran, die besten Aussichten habt ihr alle, wenn ihr nicht auf-
fallt ... und zwar in keiner Weise ... euch also klein macht, sehr
klein.

GEFÄNGNISBEAMTER
  Habt Ihr Probleme mit den Leuten?! –

Der. 2. Kutscher horcht auf ...

2. KUTSCHER
  Überhaupt nicht! ... aber dieses Pack braucht zwischendurch
  den Drohfinger!

*... und er schlägt mit der Faust auf die Wagentür ... und wendet sich
vom ältesten Gefangenen ab ...*

HAUS DER FAMILIE GRAY INNEN

*Im Haus wird eine Tür zugeknallt ... Wir hören dies während Lucy
am Tisch sitzt und eine Tasse Milch umklammert ... und mit großen
Augen das Geschehen beobachtet ...*

*Dorothy hat die Tür der Vorratskammer zugeschlagen und geht nun
mit schnellem Schritt durch den Wohnraum ... William läuft ihr
nach ... Dorothy ist sehr zornig.*

WILLIAM
  Dorothy! – Warum wirst du immer gleich wütend?

Die beiden gehen durchs Haus ... und verlassen dieses dann ...

HAUS AUSSEN

*Sie gehen in Richtung Schweinestall ... Dorothy hält in der einen
Hand einen Eimer mit Küchenabfällen ...*

WILLIAM

Dorothy! ... Leute wie Mr O'Neill und auch Mr Patrick bringen nur Elend ... sie versprechen Arbeit und dabei beuten sie
die Menschen nur aus. Du wirst 15 Stunden arbeiten müssen
und hast am Ende weniger wie jetzt ...

DOROTHY

Ich werde wahrscheinlich als Kammerzofe beschäftigt ... und
zudem bin ich nicht jeden Tag dort! – Abgesehen davon kann
ich vielleicht auch etwas Neues lernen und werde endlich sehen,
wie solche Leute leben!

Dorothy schüttet die Abfälle in den Fresstrog der Schweine ...

WILLIAM

Du glaubst tatsächlich, dass sie es ehrlich meinen? ... und willst
ihnen vertrauen?

DOROTHY

Ja, das will ich, denn sie vertrauen ja auch mir!

WILLIAM

Diese von dir so hoch verehrten feinen Herrschaften haben aber
leider auch noch eine ganz andere Seite! ... Elisabeth Bunn wurde verurteilt, weil sie gestohlen haben soll ...

DOROTHY

Elisabeth?!

WILLIAM

Ja, Elisabeth! ... New South Wales für sieben Jahre, lautet das
Urteil! Diese feinen Leute gehen mit Menschen um, als währen
sie Vieh! Nein, noch schlimmer! Sie lassen einen Resten Käse
auf dem Teller zurück ... und du nimmt ihn dann, weil du ja
vielleicht schon lange keinen Käse mehr gegessen hast ... und
schon bist du eine Diebin!

DOROTHY

Elisabeth hat aber schon öfter darüber geredet, auswandern zu wollen ...

WILLIAM

Sie wollte auswandern?

DOROTHY

Sie wird absichtlich eine Kleinigkeit gestohlen haben, in der Hoffnung, dann auf diese Weise nach New South Wales zu kommen.

WILLIAM

Du meinst wirklich, sie hat es aus diesem Grund getan?

DOROTHY

Ja, das glaube ich ... weil sie dieses armselige Leben hier satt hatte.

Sie geht zum Schuppen ... und William hinterher ...

WILLIAM

Gibt es tatsächlich Menschen, die auf diese Weise ihre Heimat verraten?

DOROTHY

Das hat damit überhaupt nichts zu tun, aber Elisabeth hätte sonst keine Chance gehabt, ihr Leben ändern zu können.

WILLIAM

Dorothy, ich möchte nicht, dass du bei einem dieser Herren arbeitest, vielleicht findest du etwas in der Nachbarschaft ...

DOROTHY

... bei Leuten, die genauso wenig bezahlen können wie wir?! – John! Ich werde im Winter bei den O'Neills arbeiten! Ich hab die Stellung.

WILLIAM
  Du hast dich beworben? Du hast dich tatsächlich schon bei
  ihnen beworben?!

DOROTHY
  Ja!

WILLIAM
  Ich will nicht, dass du dorthin gehst! Ich dulde das nicht! Ganz
  egal, wie schlimm unsere Lage ist, ich verbiete dir, dorthin zu
  gehen!

DOROTHY
  Wenn du nicht aufhörst, werde ich in die Stadt ziehen! ... und
  Lucy mitnehmen!

WILLIAM
  Du würdest mich hier tatsächlich alleine zurücklassen?

DOROTHY
  Ja, das würde ich ... wenn du nicht aufhörst.

HAUS INNEN

*Lucy sitzt noch immer am Tisch ... und schaut ängstlich zurück
durch das Fenster hinter ihr ... und leise hört sie draußen noch immer
William und Dorothy streiten ...*

WILLIAM
  O'Neill ist auch bekannt als Frauenheld, bei allen Küchenmäd-
  chen hat er es schon versucht! Suchst du etwa das?!

DOROTHY
  Lass mich in Ruhe!

*Lucy steht jetzt rasch vom Tisch auf ... und rennt aus dem Haus ...
und über den Hof.*

LANDSCHAFT

Dann rennt sie über das nahe angrenzende Feld ... klettert über die Steinmauer ... und rennt weiter in den Wald.

Sie rennt und weint dabei ... und kommt zur Ruine der Rievaulx-Abbey.

RIEVAULX-ABBEY

Lucy rennt in die verwinkelte Ruine ... und entzieht sich im nächsten Moment auch schon unserem Blickbereich.

Ein Donner eines nicht weit entfernten Gewitters zieht nun über die Ruine.

Blitze zucken am Himmel.

IM SCHUPPEN BEIM HAUS DER FAMILIE GRAY

Dorothy steht unter der Tür und schaut an den Himmel ... und William sitzt in einer Ecke auf einer Kiste ...

DOROTHY *(schaut zu William)*
Es fängt gleich an zu regnen ... kommst du ins Haus?

William reagiert nicht ... und Dorothy geht zu ihm hin ...

DOROTHY
Es wird vieles leichter werden, wenn wir etwas mehr Geld haben. – Ich verspreche dir, ich werde nicht länger arbeiten gehen als unbedingt notwendig.

Sie umarmt ihn ... und küsst ihn auf die Haare ...

WALD

Der Gefangenenwagen fährt durch den Wald, während über diesem ein heftiges Gewitter tobt. Blitze zucken auf allen Seiten. Noch regnet es nicht. Elisabeth Bunn sitzt zwischen den Kutschern und schaut ängstlich an den Himmel. Der älteste Gefangene schreit dann zum Fenster hinaus:

Hey! Lebt ihr da oben noch?!

2. KUTSCHER
Ja!

1. KUTSCHER *(zum 2. Kutscher)*
... aber wahrscheinlich nicht mehr lange. Die Pferde werden immer unruhiger. Ich werde sie mehr antreiben!

Der Wagen fährt nun in schnellem Tempo weiter ... und auf eine Waldlichtung zu ... und wie wir diese erreicht haben, schlägt in einen nahen Baum vor uns ein Blitz ein. Die Pferde bäumen sich auf ... preschen dann zur Seite ... stürzen ... und der Wagen überschlägt sich. Alles dreht sich und dann bleiben der Wagen und die Pferde im Unterholz liegen. Der Kopf eines Pferdes bäumt sich immer wieder auf ... und es schlägt auch mit den Hufen um sich ... letzte Regungen in einem Todeskampf.

Drei Pferde sind bereits tot ...

Die Wagentür ist offen ... und im Laub liegen die Kutscher und Elisabeth Bunn, deren Augen tot zum Himmel starren. In ihren Pupillen spiegelt sich ein weiterer Blitz und erste Regentropfen fallen dann auf ihr Gesicht.

Im Wagen hören wir nun ein Stöhnen ... Mr Colley klettert heraus und schleppt sich auf dem Boden kriechend zur Seite, um nicht von den Hufen des um sich schlagenden Pferdes getroffen zu werden.

Ein weiteres Stöhnen dringt aus dem Wagen. Mr Colley richtet sich langsam und mühsam auf ... kommt dann auf die Beine ... und geht zum Wagen ... und schaut hinein.

Im Wagen kauert der jüngste Verbrecher und wimmert und stöhnt.

MR COLLEY
  Komm raus! ... Komm! Gib mir die Hand, ich helfe dir!

Er klettert nun mit Mr Colleys Hilfe aus dem Wagen.

MR COLLEY
  Wir müssen sehen, ob die andern noch leben!

Mittlerweile regnet es in Strömen ... und der jüngste der Verbrecher legt sich unter Stöhnen langsam auf den Boden ... und betastet sorgenvoll seinen Körper ...

MR COLLEY
  Hast du Schmerzen?! –

Der Jüngste gibt keine Antwort ... er jammert nur ... und starrt mit großen Augen auf seinen Bauch, an dem wir jedoch keine äußere Verletzung erkennen können.

MR COLLEY
  Versuch aufzustehen ... und zu gehen, denn wir müssen hier weg! – Ich werde jetzt nach den andern sehen!

Mr Colley geht schwankend zu Elisabeth Bunn. Der Anblick ist noch immer der gleiche. Mit starren Augen liegt sie zwischen den Pferden und rührt sich nicht. Mr Colley fühlt ihren Puls, legt dann aber ihren Arm wieder auf den Boden ... und schließt ihr die Augen.

*Er geht zum 2. Kutscher ... und auch dieser liegt mit offenen und
starren Augen da. Auch ihm schließt er diese. Den 1. Kutscher muss
Mr Colley zuerst suchen ... und er findet ihn schließlich einige Meter
entfernt mit blutüberströmtem Schädel neben einem Stein liegen.*

*Mr Colley schwankt zum Wagen zurück. Der Jüngste sitzt noch im-
mer weinend und wimmernd auf dem Boden.*

MR COLLEY
Alle tot! – Hast du nach den andern gesehen?

*Doch der Jüngste gibt ihm keine Antwort. Mr Colley fragt ihn gar
nicht erst nochmal, sondern hält sich am Wagen fest, nimmt dann
alle seine Kraft zusammen, und klettert wieder hinein.*

*Er berührt zuerst den einen dann den andern Verbrecher am Hals.
Er ist sich jedoch nicht sicher und berührt dann beide nochmals und
schaut ihnen auch in die Augen. Dann klettert er wieder hinaus.*

*Sowie Mr Colley mit seinem Kopf wieder draußen ist, ruft er zum
jüngsten Gefangenen:*

Tot! Beide tot! Wir müssen zurück zur Stadt und alles melden!
Vielleicht bekommen wir dann sogar Straferlass!

*Der Jüngste schaut nun zu Mr Colley ... und seine Augen haben
plötzlich etwas Starres an sich ... und dann rappelt er sich so gut es
geht auf die Beine ... und macht sich auf und davon.
Er rennt so gut es geht, doch er scheint Schmerzen zu haben ... und
während er sich durchs Unterholz schleppt, hält er seinen Bauch.*

MR COLLEY
Hey! – Verdammt nochmal! ... komm zurück! Die finden dich!
Du hast keine Chance! Man wird dich hängen!

Mr Colley klettert nun ganz aus dem Wagen und rennt dem Jüngsten hinterher. Er holt ihn langsam ein … und kann ihn an der Jacke fassen. Und im selben Augenblick dreht sich der junge Mann um … und beginnt wild auf den alten Mann einzuschlagen … solange, bis dieser regungslos am Boden liegen bleibt. Noch immer regnet es in Strömen … und so heftig, dass Mr Colley mit seinem Kopf im Morast versinkt und erstickt.

Dann macht sich der Jüngste auf und davon.

WALD

William Gray geht zügig durch den peitschenden Regen und ruft währenddessen nach Lucy. William sucht aber nicht ziellos, sondern er geht geradewegs zur Ruine der Rievaulx-Abbey.

RIEVAULX-ABBEY

William kommt darauf zu, bleibt stehen, schaut sich kurz um, und geht dann unter den hohen Säulenbogen hindurch in eine noch vollständig erhaltene, und somit überdachte Ecke. Lucy sitzt dort … und sie sieht nun ihren Vater … und rennt zu ihm hin.

LUCY
 Papa! –

WILLIAM
 Lucy, komm zurück in die Ecke … wir warten, vielleicht lässt der Regen bald nach.

Sie setzen sich auf einen gut erhaltenen Sims … und William hilft seiner Tochter in ihr Mäntelchen, das er mitgebracht hat.

WILLIAM
Wir dachten, du wärst im Haus geblieben. Wann bist du denn
fort gegangen?

LUCY
Als ihr euch gestritten habt. Mama hat dich angeschrien.

WILLIAM
Hast du Angst gehabt?

LUCY
Ja.

WILLIAM
Es tut mir leid, dass Mama und ich uns angeschrien haben.
Wir sind uns aber jetzt nicht mehr böse. Wir haben einen Weg
gefunden. Wir wollen uns Mühe geben, damit es nicht wieder
vorkommt. – Bist du oft hier?

LUCY
Ja.

WILLIAM
Dann gefällt es dir hier.

LUCY
Ja.

WILLIAM
Weißt du, was das einmal war?

LUCY
Nein.

WILLIAM
Was du hier siehst, war einmal eine große Kirche.

LUCY
Wie die in der Stadt?

WILLIAM

Ähnlich, nur viel größer. Hier, wo du jetzt nur noch Säulen siehst, haben Menschen vor vielen hundert Jahren gebetet. Und dort drüben haben sie gewohnt. Ein jeder hatte ein Zimmer für sich.

Der Regen peitscht noch immer von allen Seiten zwischen den Säulen hindurch.

Und die Landschaft ist im Regenschauer nur schwach zu erkennen.

WILLIAM

Wir warten noch, aber ich glaub nicht, dass der Regen bald nachlässt.

William und Lucy ahnen nicht, was sich nicht weit von ihnen abspielt:

Zwischen den Säulen schleicht sich der jüngste Verbrecher heran, und vom Regen nur schwach geschützt, bleibt er dann stehen. Vorsichtig schaut er nun zu William und Lucy..

WILLIAM

Wollen wir gehen?

LUCY

Ja.

WILLIAM

Dann los!

Die beiden rennen los ... und Lucy schreit vergnügt ...

LUCY
Ich bin schon ganz nass!

... und lacht ...

LANDSCHAFT

Der Verbrecher beobachtet die beiden ... und folgt ihnen dann vorsichtig und leicht gebückt und seinen schmerzenden Bauch haltend.

William und Lucy kommen nun zum Haus ... und gehen dann hinein ...

Der Verbrecher duckt sich hinter eine Steinmauer auf dem Feld ... und beobachtet das Haus ...

HAUS INNEN

Lucy lacht ... und William hilft ihr aus dem Mäntelchen ... und auch er zieht dann seine nasse Jacke aus. Dorothy ist währenddem mit zwei Tüchern gekommen ... und beginnt nun ihre Tochter abzutrocknen. Auch William trocknet sein Gesicht und seine nassen Haare.

DOROTHY *(zu Lucy)*
Warst du in der Ruine?

LUCY
Ja.

WILLIAM
Die Mauern haben uns vorhin gut geschützt, trotzdem wäre ich froh Lucy, wenn du nicht mehr dort spielst. Es gibt immer wieder Teile, die zusammenstürzen, und das kann sehr gefährlich sein ...

LUCY
Es hat aber viele Tiere dort. Sie verstecken sich in den Steinen,
aber ich sehe sie immer. Ich weiß genau, wo sie sind.

DOROTHY
Das ist bestimmt sehr aufregend ...

LUCY
Ja

DOROTHY
... trotzdem hat dein Vater recht. Auch ich wäre froh, wenn du
nicht mehr dorthin gehst. Es ist kein sehr sicherer Ort.

*Lucy verzieht ihr Gesicht ... unterdrückt aber das Weinen ... und
Dorothy umarmt sie ...*

DOROTHY
Wir verstehen dich ja, Lucy. Aber du kannst doch hier spielen
... und auch auf den Feldern.

HAUS AUSSEN

*Der Verbrecher schleicht sich über die Felder zur Farm ... und dann
in den Schuppen ...*

HAUS INNEN

William schaut durch das Fenster in den Regen ...

WILLIAM
Dieser ewige Regen wird uns noch ruinieren. Brian hat diese
Sorgen nun nicht mehr.

DOROTHY
Beneidest du ihn jetzt etwa?

WILLIAM
… überhaupt nicht. Er hat zwar diese Sorgen nicht mehr, dafür
kann er sich seine Arbeit nicht mehr selber einteilen.

*William geht zur Feuerstelle … und setzt sich in seinen Sessel. Do-
rothy hat schon die ganze Zeit über in ihrem gesessen und näht …
und Lucy spielt auf dem Boden. William nimmt dann eine Zeitung
hervor.*

DOROTHY
Weißt du, wie viel er verdient?

WILLIAM
Keine Ahnung, aber mehr wie vorher wird es jetzt schon sein.

William überfliegt die Zeitung …

WILLIAM
Hier schreiben sie etwas über New South Wales … *(er liest
schnell für sich den Artikel)* Hier steht, das Klima soll dort sehr
angenehm sein … und seit Captain Cooks Entdeckung gibt es
immer mehr Farmen. Die Gefangenen verwandeln die Wildnis
in bestes Ackerland … – Dabei hab ich aber darüber schon ganz
anderes gehört … es soll kein sehr fruchtbarer Boden sein …
und die meisten Gefangenen hätten zudem keine Ahnung von
Landwirtschaft und seien mit ihrer neuen Aufgabe vollkommen
überfordert. – Wem soll man jetzt glauben?

Sie hören nun jemanden aufs Haus zureiten …

DOROTHY
Wer kann das sein?

*William steht auf ... und geht zum Fenster ... und auch Dorothy steht
vom Stuhl auf ...*

DOROTHY
Siehst du, wer es ist?

WILLIAM
Nein, keine Ahnung.

*Wir hören den Reiter vom Pferd steigen ... und die wenigen Schritte
aufs Haus zukommen ...*

*William und Dorothy gehen durch den Korridor zur Haustür. Sie
sind noch auf dem Weg, wie der Fremde auch schon klopft. William
öffnet ... und ein bärtiger, etwa 45-jähriger Mann steht draußen.*

MANN
Entschuldigen Sie bitte die Störung. Mein Name ist Mc Dowell. Darf ich reinkommen?

WILLIAM
Ja, bitte ...

*Der Fremde nimmt seinen Hut ab ... und kommt herein ... und Wil-
liam macht die Tür wieder zu. Der Mantel des Fremden ist klatsch-
nass und tropft auf den Steinboden.*

MC DOWELL
Etwas Schreckliches ist geschehen. Ich war auf dem Nachhauseweg, da finde ich im Wald einen umgestürzten Gefangenenwagen. Alle sind tot. Auch die Pferde. Ein schrecklicher Anblick ...

WILLIAM
Alle sind tot? –

MC DOWELL
So, wie ich sehen konnte ... ja.

WILLIAM
Ist auch eine Frau dabei?

MC DOWELL
Ja, eine junge Frau liegt auch dort.

WILLIAM
Elisabeth!

William umklammert Dorothys Hände ...

WILLIAM
Elisabeth ist auch tot ...

Dorothy ist nicht fähig, etwas zu sagen ...

MC DOWELL
Ich habe keine Ahnung, was da geschehen ist. Der Wagen muss
sich mehrmals überschlagen haben ...

WILLIAM
Kann man nicht erkennen, warum? ...

MC DOWELL
Nein ... aber, ich meine ... die ganze Sache sieht sehr merkwürdig aus ... ich bin mir nicht sicher, ob ein Blitzschlag die Ursa-
che sein könnte. – Ich wollte Ihnen den Unfall melden, damit
Sie Bescheid wissen, Sie wohnen am nächsten.

WILLIAM
Warten Sie einen Moment, ich komme mit ... ich begleite Sie ...

MC DOWELL
Entschuldigen Sie, aber ich erwarte nicht, dass Sie Ihre Familie alleine lassen ... wir wissen ja nicht, wie viele wirklich im
Wagen waren ... es könnte auch ein oder sogar zwei Verbrecher
überlebt haben und sich jetzt hier irgendwo rumtreiben ...

WILLIAM
Wie viele haben Sie gefunden?

MC DOWELL
Mit der Frau sind es sechs Tote ... ja, sechs sind es.

WILLIAM
Ich glaube nicht, dass es mehr waren ... ich hab den Wagen
noch vor zwei oder drei Stunden in Helmsley gesehen ... und
zudem habe ich gehört, richtige Schwerverbrecher würden
nicht nach New South Wales deportiert ... *(und zu Dorothy)*
verriegle aber trotzdem die Tür ... und öffne niemandem ... ich
werde helfen, die Toten zu bergen und dann sofort wieder zurückkommen ...

DOROTHY *(leise)*
Ja ... ich verriegle die Tür ...

William nimmt seinen Hut und Mantel ...

MC DOWELL *(zu Dorothy)*
Dieses Wetter macht alles noch schwieriger ... wenn es wenigstens aufhören würde zu regnen ...

DOROTHY
Wohnen Sie in Helmsley?

MC DOWELL
Ja, für einige Wochen ... ich bin Landvermesser ...

WILLIAM
Ich heiße übrigens William Gray ... und das ist meine Frau
Dorothy.

MC DOWELL
Freut mich sehr ...

WILLIAM
So ... wir können gehen ...

William gibt Dorothy einen Kuss ...

DOROTHY *(leise)*
Gib aber acht ...

WILLIAM
Keine Sorge ...

William und Mr Mc Dowell verlassen das Haus ...

HAUS AUSSEN

*William kommt mit seinem Pferd aus dem Schuppen, steigt auf ...
und reitet mit Mr Mc Dowell davon ...*

*Dorothy und Lucy stehen unter der Tür und sehen den beiden nach ...
und gehen dann wieder hinein ... und Dorothy verriegelt die Tür ...*

*Der junge Verbrecher verharrt noch für eine Weile an der Seitenwand
des Schuppens ... doch sobald die beiden Reiter außer Sicht sind
schleicht er wieder hinein ...*

SCHUPPEN INNEN

Der junge Mann sucht sich zwischen Säcken eine sichere und beque-

me Stelle ... und bettet sich so, dass er nicht mehr zu sehen ist. Er ist völlig durchnässt ... und muss husten ... und hält währenddem seinen Bauch.

HAUS INNEN

Dorothy sitzt wieder in ihrem Stuhl beim Feuer und näht ... fühlt sich aber sichtlich nicht wohl, denn sie schaut immer wieder unruhig zum Fenster. Lucy spielt indessen ruhig und zufrieden auf dem Teppich.

Das Knacken des Feuers vermischt sich nun auf unheimliche Art mit dem Prasseln des Regens.

Der Regen peitscht an die Fensterscheibe und somit verschwimmt alles ... und man kann draußen nichts erkennen ...

HAUS AUSSEN

Der Verbrecher kommt hustend aus dem Schuppen. Und dann beginnt der junge Mann zu weinen ... und Todesangst ist in seinen Augen. Er schleppt sich gebeugt und immer hustend zum Haus ...

IM WALD BEI DER UNGLÜCKSSTELLE

Es regnet nur noch schwach.

Sechs Männer, sowie William und Mr Mc. Dowell sind da. Die Männer sind daran, die Toten zu bergen ... Der Leiter der Gruppe liest soeben auf einer Liste die Namen der Toten vor sich hin und zählt die gefundenen Leichen ... und stellt dann entsetzt fest:

Einer fehlt!

... und ruft allen anderen zu:

Einer fehlt! Seid ihr wirklich sicher, dass das alle waren?!

Einer der Männer ruft zurück:

Ja! Wir haben alles gründlich abgesucht! ... keine Verwundeten und auch keine Toten mehr!

Der Leiter der Gruppe sagt nun mehr zu sich selbst:

Einer fehlt ...

Einer der Männer, der nicht weit entfernt steht, sagt:

Bist du sicher, was du da sagst?!

Der Leiter wiederholt aufgeregt:

Verdammt nochmal, ja! ... einer fehlt!

Der Mann sagt:

Wenn einer fehlt, dann bedeutet das doch, dass er noch lebt!

William hört dies ... und schaut nun entsetzt über den Unglücksort ... und geht dann aufgeregt zum Leiter ...

WILLIAM
Kommt ihr ohne mich aus? – Ich muss nach Hause!

William rennt zu seinem Pferd …

Der Leiter der Gruppe ruft ihm nach:

William! – Warte! – Christopher soll dich begleiten!

*William gibt aber keine Antwort … sondern steigt schnell auf sein
Pferd … und treibt dieses an … Es trabt, so schnell es in seinem Alter
noch kann, davon …*

*Christopher holt William sehr schnell ein … und ruft diesem im Vor-
beireiten zu:*

Ich reite voraus!

*Christophers Pferd ist sehr schnell … und es galoppiert mit seinem
Reiter durch den Wald … auf Williams Haus zu …*

*Christopher bringt auf dem Hof sein Pferd schnell zum Stehen …
steigt ab … und geht entsetzt und vorsichtig zu Haustür, denn er hat
den jungen Mann bereits gesehen, der nun vor der Haustür auf dem
Boden liegt. Das Gesicht ist gut zu sehen … und auch die Augen …
Wir können erkennen, dass er tot ist. Christopher beugt sich vorsichtig über ihn, und prüft, ob nicht doch noch ein Lebenszeichen zu
finden ist …*

*William versucht unterdessen, sein Pferd mehr anzutreiben … doch es
wird zusehends langsamer …*

*William springt ab … und rennt die letzten dreihundert Meter zum
Haus … doch nun wird das Pferd wieder schneller … und ist dann
gleich schnell wie William … Nun rennen beide die letzten Meter bis
zum Hof nebeneinander her …*

*William kommt völlig außer Atem zu Christopher, der ihn einen Au-
genblick lang stützen muss, da William infolge Atemnot kaum noch*

stehen kann ... doch schon nach wenigen Sekunden hat er sich wieder erholt ... und klopft mehrmals sehr aufgeregt an die Haustür ...

WILLIAM
Dorothy! – Mach auf! – Ich bin es! –

Dorothy öffnet ... und erschrickt, wie sie den Mann vor der Tür am Boden liegen sieht ...

WILLIAM
Keine Angst, Dorothy ... er ist tot ...

DOROTHY
Mein Gott! ... liegt er schon lange da?

Lucy hat sich unterdessen vorgedrängt ...

DOROTHY
Nicht, Lucy! ...

... und sie hält ihre Tochter zurück ...

WILLIAM
Er hat bestimmt beobachtet, wie ich mit Mr Mc Dowell fortgeritten bin ... vielleicht hat er auch gar nichts Schlechtes gewollt.

DOROTHY
Ich habe nichts gehört ... er hat nicht gerufen oder geklopft ...

WILLIAM
Mit ihm ... sind jetzt alle tot. Und wie ich vermutet habe, leider auch Elisabeth.

Dorothy schaut nun mit ernstem Gesicht zum Toten hin.

DOROTHY
Sieh doch ... er muss aus dem Mund geblutet haben ... der Boden unter ihm ist verschmiert! Bitte bringt ihn fort, bringt ihn weg ... ich möchte alles sauber machen ...

HAUS INNEN

Dorothy sitzt in ihrem Stuhl ... und schaut sehr nachdenklich ins Feuer ... William kommt nun herein ... sieht zu Dorothy und bleibt dann im Wohnraum stehen ...

WILLIAM
Geht es dir besser? –

DOROTHY
Nein, nicht sehr ...

WILLIAM
Willst du dich nicht hinlegen? –

DOROTHY
Ja, vielleicht, nachher ...

WILLIAM
Du brauchst dir wirklich keine Sorgen mehr zu machen ... es ist vorbei ...

DOROTHY
Hätte er uns etwas angetan? ... oder wollte er nur Hilfe? ... er hätte auf jeden Fall Hilfe gebraucht ...

WILLIAM
Natürlich ... Hilfe hätte er dringend gebraucht, aber es war zu spät für ihn ...

DOROTHY
Ich habe ganz einfach nichts gehört ... kein Schreien ... kein Stöhnen ... er hat auch nicht geklopft ...

WILLIAM
Dorothy, es hat keinen Sinn, sich verrückt zu machen ... wer weiß, ob man überhaupt noch etwas für ihn hätte tun können.

DOROTHY
Wie seltsam das Sterben doch sein kann, so nah ... und man merkt nichts ...

WILLIAM
Ja, da hast du recht ...

DOROTHY
Ist Lucy draußen? –

WILLIAM
Ja, sie ist draußen ... – Leg dich doch jetzt etwas hin ... es geht dir dann sicher besser ... du quälst dich nur ...

DOROTHY
Ja, du hast recht ... ich werde mich hinlegen ...

Ganz benommen geht Dorothy nun in die Schlafkammer ... und legt sich aufs Bett. William hat sie begleitet.

DOROTHY
Wollte nicht John noch kommen? –

WILLIAM
Erst morgen ...

DOROTHY
Dieser Tag kommt mir unendlich lang vor ... ich glaube, wir haben heute schon zu viel erlebt ... und wer weiß, was er uns noch alles bringen wird.

WILLIAM
Es wird nichts mehr passieren heute ... außer Gutes ... da bin
ich mir ganz sicher ...

DOROTHY
Warum hab ich erst vorhin Angst bekommen?

WILLIAM
Ich weiß es nicht.

DOROTHY
Es liegt sicher daran, dass ich immerzu all das Schreckliche
sehe, das noch hätte geschehen können ...

WILLIAM
Du musst dir wirklich keine Sorgen mehr machen. Versuch,
diese Angst zu vergessen ... – Ich bin mir auch ganz sicher, dass
dieser junge Mann nicht gewalttätig gewesen wäre ...

DOROTHY
Wenn ich schlafen sollte, dann esst bitte alleine ...

WILLIAM
Ja ..., ich werde dich nicht wecken ...

DOROTHY
... und sieh zu, dass Lucy nicht zu spät ins Bett geht ...

WILLIAM
Keine Sorge ... ich werde darauf achten ... Ich mach jetzt die
Tür zu ...

*William macht die Tür zu ... geht in den Wohnraum ... setzt sich in
seinen Sessel ... und streicht sich immerzu nachdenklich durch seinen
Kinnbart ... atmet dann tief durch ... und legt nun seinen Kopf zurück an die Lehne ... und schließt die Augen.*

*William ist eingeschlafen, denn er atmet ruhig und tief ... auch ein
leises Schnarchen ist nun zu hören ...*

Es dämmert draußen bereits ... und William schläft noch immer ...

Plötzlich ist draußen ein aufgeregtes und lautes Quieken der Schweine zu hören ...

William reißt seine Augen auf ... Er hat jetzt einen Augenblick lang Mühe, sich zurechtzufinden: Er atmet schnell und oberflächlich ... und seine Augen schweifen aufgeregt im Raum umher ...

Die Haustür wird aufgestoßen ... und fliegt mit einem lauten Knall an die Korridorwand ... und Lucy rennt aufgeregt herein ...

LUCY
Die Schweine! – Papa! – Die Schweine!

WILLIAM
Was ist passiert?!

William steht vom Stuhl auf ...

LUCY
Die Schweine rennen fort! Sie rennen fort!

WILLIAM
Hast du sie denn raus gelassen?!

LUCY
Ich wollte sie füttern, dann sind sie einfach weggerannt!

WILLIAM
Jetzt müssen wir sie wieder einfangen ... aber sei jetzt ein wenig leise ... deine Mutter schläft ...

LUCY
Sie haben mich einfach umgeworfen ... und sind über mich hinweg gerannt ...

WILLIAM
Aber du weißt doch, dass du zum Füttern nicht zu ihnen rein
gehen musst ...

LUCY
Ja ... das weiß ich ...

WILLIAM
Hast du vielleicht versucht, die Kleinen herumzutragen?

LUCY
Ja ... – aber bitte nicht böse sein ...

WILLIAM
Ich bin dir deshalb doch nicht böse ... aber wir haben jetzt eine
große Arbeit vor uns ... – Wir werden jetzt leise raus gehen ...
und sie dann wieder zusammentreiben ...

*William und Lucy eilen nun aus dem Wohnzimmer ... und durch
den Korridor ...*

LUCY
Ich fang die Kleinen ein!

WILLIAM
Das wird aber nicht sehr einfach sein ...

HAUS AUSSEN

*Die vier großen Schweine ... und die jungen rennen wild und ver-
gnügt auf der Farm umher ...*

WILLIAM
Fang sie!

... doch Lucy jagt sie eher, als dass sie versuchen würde, sie wieder in ihr Gehege zu treiben.

Ein wildes Durcheinander und Herumrennen findet nun statt ...

HAUS INNEN

Dorothy liegt im Bett und schläft ... doch sie erwacht nun langsam ob dem lauten Quieken der Schweine und dem aufgeregten Geschrei von William und Lucy ...

HAUS AUSSEN

Die ganze Fangaktion artet nun zu einem regelrechten Versteckspiel aus ... denn ein kleines Schweinchen steht nun an einer Seitenwand des Schuppens, während Lucy überall lachend herumrennt und die anderen zu fangen versucht. Das Kleine beim Schuppen guckt nun vorwitzig um die Ecke ... und Lucy entdeckt es ... und nun rennen beide hintereinander her und zweimal im Kreis ...

HAUS INNEN

Dorothy geht im Nachthemd durch den Korridor ... zur Haustür ... öffnet diese ... und im selben Moment flitzt ein junges Schweinchen zwischen ihren Beinen hindurch ... und ins Haus. Auch Lucy kommt ins Haus gestürmt ... und drängt jetzt neben ihrer Mutter vorbei.

Nun tobt eine wilde Verfolgungsjagd im Haus. Das kleine Schwein-chen bringt alles durcheinander: ein Topf fällt vom Tisch, das Ge-schirr klirrt im Schrank, und Dorothys Spinnrad fällt um. Und dann springt das Ferkelchen auf den Schaukelstuhl in der einen Ecke und schaukelt jetzt einige Male hin und her.

Auch Lucy achtet natürlich nicht mehr darauf, wo sie nun hinrennt ... und wirft in ihrer ungestümen Art alle Stühle um. Bei Dorothy ist nicht klar, ob sie während der ganzen Jagd nun das Schweinchen fangen will, oder ob sie Lucy hinterher hetzt, um sie bremsen zu wol-

*len, denn die Szene wird immer turbulenter, und wir machen uns
langsam Sorgen um den Hausrat.*

*Doch dann, in einem richtigen Moment, kann Dorothy das kleine
Ferkel packen ...*

DOROTHY
  So ... jetzt ist aber Schluss! ...

*Das Schweinchen zappelt wild ... und auch Lucy kommt noch nicht
zur Ruhe: Sie möchte ihrer Mutter das Kleine wegnehmen ...*

DOROTHY
  Nicht! ... Lucy!

Lucy rennt nun wieder aus dem Haus ...

HAUS AUSSEN

*Dorothy kommt nun mit dem quiekenden Jungen zur Tür ... und
im selben Moment springt ihr dieses aus den Händen ... und nun
beginnt auch Dorothy im Nachthemd hinter den Schweinen her-
zujagen. Den Schweinen scheint die ganze Sache großen Spaß zu
machen ... doch nun fällt Lucy hin, und weint, und alle Schweine
bleiben plötzlich stehen ... schauen zu Lucy ... und spazieren dann
seelenruhig und freiwillig in ihren Stall. Dorothy tröstet ihre Tochter
... und nun schaut die ganze Familie mit großem Staunen zu den
Schweinen.*

FARM

*Es ist schon beinahe Nacht ... und nach dem vorherigen Trubel ist es
nun absolut still. Doch dann kommt ein Reiter ... Er reitet auf die
Farm zu ... nicht sehr schnell, aber doch bestimmt, wird dann aber*

kurz vor dem Hof langsamer und lässt sein Pferd im Schritt zum Haus gehen ...

Wenige Meter vor dem Haus bringt er sein Pferd zum Stehen ... und schaut sich vorsichtig nach allen Seiten auf dem Hof um ...

REITER
  Halllooooo! – Hallloooo! –

Die Haustür geht auf ... und William schreitet heraus ...

WILLIAM
  Ja? –

REITER
  Entschuldigen Sie die Störung ... und entschuldigen Sie auch, dass ich nicht absteige, aber ich habe schreckliche Angst vor Hunden ... und Sie haben doch bestimmt einen Hund, der hier irgendwo lauert ...

WILLIAM
  Nein ..., ich kann Sie beruhigen ... wir haben keinen Hund, er ist vor einigen Wochen gestorben ... und einen neuen haben wir noch nicht.

REITER
  Dann werde ich natürlich absteigen ...

... und er steigt müde vom Pferd ...

REITER
  Wir haben eine Panne mit unserem Wagen ... das Rad ... und sollten noch heute Abend den restlichen Hausrat von Mr Cooper zu seiner Farm bringen ...

WILLIAM
Zu Mr Coopers Farm? –

REITER
Ihr neuer Nachbar ...

WILLIAM
Ach so ... ich hab nicht gewusst, wer Brians Farm übernehmen
wird ...

REITER
Mr Coopers Frau ist heute schon eingezogen, aber Mr Cooper
wird erst für morgen erwartet ... und wenn sein wertvolles
Geschirr und die Bibliothek dann nicht an Ort und Stelle sein
sollten, wird für mich und meine Leute der Teufel los sein. Ich
wollte Sie deshalb fragen, ob Sie uns noch heute Abend einen
Wagen leihen könnten ...

WILLIAM
Natürlich ...

REITER
Sie müssen Mr Gray sein ...

WILLIAM
Ja, der bin ich ...

REITER
Ich bin Donald Hinds, der erste Diener ... und da Sie mir jetzt
helfen, haben Sie mir meine Stellung gerettet ...

WILLIAM
So schlimm wird dieser Mr Cooper wohl nicht sein ...

REITER
Manchmal schon ... er ist zwar ein Genie ... aber auch etwas
verdreht ... und unberechenbar.

WILLIAM
Da bin ich aber gespannt ...

REITER

Ganz unter uns gesagt ... Mr und Mrs Cooper könnten nicht
verschiedenartiger sein, und weiß der Teufel, wer nun von den
beiden mehr die Andersartigkeit des anderen bevorzugt hat ...

... und er lacht verschmitzt ... und auch William muss lachen ...

WILLIAM

Sie machen mich echt neugierig ... aber nur einen Augenblick,
ich hol meinen Mantel ...

*William geht ins Haus ... und Mr Hinds steht neben seinem Pferd
... und schaut sich etwas um ... wie seine Augen dann auf einem
Punkt verharren. Mr Hinds ist sich nicht sicher, was er da sieht ...
und kneift die Augen zusammen ... und nun können auch wir hinter
einer Fensterscheibe Lucys Gesicht erkennen. Mr Hinds fühlt sich
jetzt beobachtet und schaut nicht mehr zum Fenster ... und beginnt
seinen Hut zurechtzurücken ... wie auch schon William wieder aus
dem Haus kommt.*

WILLIAM

Sie können mitkommen ... ich muss zum Schuppen ...

Sie gehen zusammen dorthin ...

MR HINDS

Sie haben Familie? –

WILLIAM

Ja ...Wir leben zu dritt hier. Meine Frau und ich haben eine
Tochter ...

MR HINDS

Und dies alles hier bewältigen Sie ohne zusätzliche Hilfe? –

WILLIAM
Ich muss ... das heißt, hin und wieder brauchen wir eine zusätzliche Kraft, aber im Großen und Ganzen bewirtschaften meine Frau und ich die Farm alleine.

MR HINDS
Ein schönes Stück Arbeit ...

WILLIAM
Da haben Sie recht ...

MR HINDS
Mr Cooper hat sich zum Ziel gesteckt, die ganze Landwirtschaft zu revolutionieren ... in meinen Augen ist er ein Verrückter ... er lässt Korn in Gläsern wachsen, und hat ganze Schränke voll mit Samen aus aller Welt. Und jetzt will er uns Diener noch zu Landarbeitern machen ... können Sie sich das vorstellen? ... Ich war bis jetzt nur gewohnt feinstes Porzellan zu servieren ... selbst ein Pferd reiten zu müssen ist mir schon ein Gräuel.

Sie kommen zum Schuppen ...

Mr Hinds schaut zurück zum Haus ... und William bemerkt dies ...

WILLIAM
Was haben Sie ...?

MR HINDS
Nichts ... ich hab mir nur Ihre Farm angeschaut.

HAUS INNEN

Lucy klebt noch immer mit ihrem Gesicht an der Scheibe ... und nun kommt Dorothy ...

DOROTHY
Jetzt aber ins Bett ...

LUCY
Warum muss Papa mit dem Mann fort?

Sie gehen zu Lucys Bett ...

DOROTHY
Er braucht Hilfe ... an seinem Wagen ist ein Rad gebrochen ...

LUCY
Der Mann hat ganz dunkle Augen ... ich habe Angst vor ihm ...

DOROTHY
... und die hast du vom Fenster aus gesehen?

LUCY
Ja ...

... und sie springt nun in ihr Bett ...

LUCY
Vielleicht ist der Mann böse ...

DOROTHY
Ganz bestimmt nicht ... Papa weiß schon, ob er jemandem vertrauen kann ... – Ich weiß, wir haben etwas Schlimmes erlebt ...
aber der Mann, der vor unserem Haus gestorben ist, war sehr
krank ...Natürlich müssen wir vorsichtig sein, wem wir die Tür
öffnen, aber wir müssen uns deshalb nicht vor jedem Fremden
fürchten ...

LUCY
Du hast aber auch Angst gehabt ...

DOROTHY
  Ja, das stimmt ... und deshalb brauchen wir dringend wieder
  einen Hund ...

LUCY *(laut)*
  Ja! ... Bitte, dann kann ich wieder mit ihm spielen! Holen wir
  ihn morgen?!

DOROTHY
  Nein ... wir müssen erst sehen, wer Junge hat.

Von draußen hört man nun das Knirschen und Knattern des wegfah-
renden Wagens ...

LUCY
  Geht Papa jetzt fort?

DOROTHY
  Ja ...

Und Dorothy macht, ohne dass sie es wahrscheinlich will, ein sorgen-
volles Gesicht ... und schaut in Richtung Fenster ...

... und Lucy beobachtet nun ihre Mutter aufmerksam ... und macht
dann ebenso sorgenvolle und ängstliche Augen ...

LANDSCHAFT

William fährt mit seinem Wagen in Begleitung von Mr Hinds zur
Unfallstelle ... und hier wartet ein weiterer Diener ...

MR HINDS
  Malcolm, das ist Mr Gray ... Mr Gray, das ist Mr Palin ...

Die Männer nicken sich zu. William steigt nun von seinem Wagen ... und schaut sich das gebrochene Rad von Mr Coopers Fuhrwerk an ...

WILLIAM
So wie das aussieht, wird uns tatsächlich nichts anderes übrig bleiben, als alles umzuladen ...

MR HINDS
Tja ... dann wollen wir mal ...

Mr Palin zündet nun eine Laterne an ... und stellt sie seitlich der beiden Wagen auf den Boden ...

Mittlerweile ist es fast gänzlich Nacht geworden ... und William fährt mit dem Wagen und in Begleitung der beiden Diener zur Farm der Coopers ...

HAUS DER COOPERS AUSSEN

Ein Knecht und zwei Mägde sind bereits mit Laternen aus dem Haus gekommen ... und erwarten den Transport ...

William bringt den Wagen vor dem Haus zum Stehen ... und steigt ab ... und jetzt kommt eine robuste, aber hübsche Frau aus dem Haus ... es ist Mrs Cooper ...

MRS COOPER
Sie müssen unser Nachbar sein ... und ich bin Mrs Cooper ...

William ist etwas verlegen ...

WILLIAM
Freut mich ... ich bin William Gray.

MRS COOPER
  Ich bin Ihnen sehr dankbar, dass Sie uns geholfen haben. Mein
  Mann kommt erst morgen ... er ist noch damit beschäftigt,
  unser Haus in York zu verkaufen ...

WILLIAM
  Sie haben in der Stadt gelebt? ... und ziehen aufs Land? –

MRS COOPER
  Sind Sie überrascht? –

WILLIAM
  Ja, ein wenig ... eigentlich ist es meistens umgekehrt ...

MRS COOPER
  Sie müssen wissen, mein Mann hat immer von einem Leben
  auf dem Land geträumt ... und er hat dann damit begonnen,
  alles über Landwirtschaft zu lesen ... und ist auch viel herumgereist, um alles an der Natur zu studieren. – Als er dann in
  Deutschland war, hab ich ihn kennengelernt. – Ich bin Deutsche, wie Sie sicher schon bemerkt haben ... und spreche deshalb noch nicht sehr gut Englisch ...

Das Personal hat unterdessen begonnen, den Wagen abzuladen ...

WILLIAM
  Bis jetzt habe ich alles verstanden ...

*Mrs Cooper redet nun in einem deutschen Dialekt mit den Mägden,
und sagt ihnen, wo sie das Geschirr hinbringen sollen ... dann wendet
sie sich wieder zu William ...*

MRS COOPER
  Darf ich Ihnen einen Tee anbieten? –

WILLIAM
  Ja ... ja, ... sehr gerne ...

*Mrs Cooper und William gehen ins Haus ... die Dienerschaft schaut
den beiden nach ...*

MR HINDS
  Ich glaube, mit dem wird sie sich gut verstehen ... ob es aller-
  dings unser Chef hier aushalten kann, wage ich zu bezweifeln ...

*... und die eine Magd sagt nun in ihrem deutschen Dialekt zur zwei-
ten:*

  Ein netter Mann ... dieser Mr Gray ... sein Bart gefällt mir aber
  nicht besonders ...

und die zweite Magd antwortet darauf:

  ... den find i aber grad besonders nett ...

FARM DER GRAYS AUSSEN

*Es ist Nacht ... und im Haus ist kein Licht mehr zu sehen. William
fährt langsam auf den Hof ... steigt dann vom Wagen ... und beginnt
das Pferd auszuspannen ...*

*William ist sehr müde. Er führt das Pferd in den Stall ... er nimmt
die Laterne mit, die er auf dem Wagen hatte. William ist sehr nachdenklich ... und redet mit dem Pferd ...*

WILLIAM *(leise)*
Wir brauchen dich, Charly ... mach mir bitte nicht auch noch
Sorgen ...

HAUS INNEN

*William setzt sich im schwachen Schein einer Kerze in seinen Stuhl
... und nimmt die Pfeife, stopft sie ... und zündet sie an. Und wie
er diese gemütlich raucht, kommt Dorothy im Nachthemd in den
Wohnraum ... und setzt sich zu ihm ...*

DOROTHY
Bist du noch nicht müde? –

WILLIAM
Doch, sehr ... – aber ich muss noch ein wenig über den heuti-
gen Tag nachdenken ...

... und er atmet tief ein und aus und schüttelt den Kopf ...

WILLIAM
Ein verrückter Tag ... – War das auch heute, als wir uns gestritten haben?

DOROTHY
Ja ... – aber wir haben uns heute nicht nur gestritten ...

William nickt nur und zieht währenddem an seiner Pfeife ...

DOROTHY
Hast du unsere neuen Nachbarn kennengelernt?

WILLIAM
Mrs Cooper ... und das gesamte Personal ...

DOROTHY
... das Personal? – ... und Mr Cooper nicht? –

WILLIAM
Nein ... – er soll erst morgen kommen ... ich glaube, wir haben
es da mit einem sonderbaren Vogel zu tun ... – Sie passt gut
hierher ... wurde auf einem Bauernhof in Deutschland geboren
... aber über ihn kann ich mir noch kein Bild machen ... er soll
von Adel sein ... und die Diener sagten, er würde im Sonntags-
anzug die Äcker pflügen ... – sie scheint auf jeden Fall viel über
Viehzucht zu wissen ... und hat mir einiges darüber erzählt ...

DOROTHY
Du warst lange fort ...

WILLIAM
Ja ... – ich weiß ...

DOROTHY
Glaubst du, wir werden uns gut mit ihnen verstehen? –

WILLIAM
Mit ihr bestimmt ... ein Anfang ist gemacht ...

DOROTHY
Wenn du fort bist, fürchte ich mich immer ... und heute besonders ... wir brauchen dringend wieder einen Hund ...

WILLIAM
Ja ... ich weiß ...

DOROTHY
Kommst du jetzt zu Bett? –

WILLIAM
Ja. –

Er klopft seine Pfeife aus ...

WILLIAM
    Ich bete darum, Dorothy, dass jetzt nichts mehr passiert ... und
    auch keine Menschenseele mehr an unsere Tür klopfen wird.
    Ich bete sehnlichst darum ...

*... und währenddem er dies sagt, schaut er flehend an die Zimmerde-
cke ... und dann müssen William und Dorothy lachen ...*

STADT STRASSE

Eine allgemeine und alltägliche Geschäftigkeit herrscht ...

JOHNS SCHUHMACHERWERKSTATT INNEN

*John und sein Gehilfe arbeiten ... und dann ruft Mary, Johns Frau,
aus dem Nebenzimmer die beiden zum Essen ...*

MARY
    Kommt ihr?! ... ich werde anrichten ...

JOHN
    Ja ... sofort!

*Der Gehilfe legt als Erster seine Arbeit beiseite ... und geht in die
Stube gleich neben der Werkstatt. Hier ist auch die Kochstelle. John
und Marys Buben, John jr. und Oliver, sitzen bereits am Tisch. Mary
beginnt das Essen in die Teller zu schöpfen ... und der Gehilfe setzt
sich ...*

*John legt seine Arbeit zur Seite ... und kommt ebenfalls zu Tisch. Er
will sich soeben setzen, wie ein Kunde die Werkstatt betritt ...*

MARY
    Hast du nicht zugesperrt?

76

JOHN

Nein ... wir können es uns wirklich nicht leisten ...

*John geht zum Kunden ... und wir sehen jetzt einen gockelhaft geklei-
deten Adligen mit Stock und hohem Hut. Der Snob ist soeben dabei,
sich mit freudestrahlendem Gesicht in der Werkstatt umzuschauen ...*

JOHN

Guten Tag, Sir ...

SNOB

Guten Tag ... ich brauche gute Schuhe ... das heißt am besten
gleich drei Paar ... und damit wir uns recht verstehen, sie müssen einiges aushalten können ... auch die härteste Landarbeit ...
– Aber nein, halt ... fertigen Sie gleich sechs Paar an, noch drei
für den Winter ... er steht ja schon bald vor der Tür *(er lacht)* ...
Ich werde Ihnen dann auch noch mein gesamtes Personal vorbei schicken, damit Sie allen meinen Leuten allerbestes Schuh-
werk herstellen können. Sie müssen wissen, seit Kurzem bin ich
nämlich stolzer Besitzer einer Farm ... und ich werde sie selber
bewirtschaften ... auch mit meinen eigenen Händen ...

JOHN

... die Farell-Farm ... Sie übernehmen Brian Farells Farm ... ich
habe schon von Ihnen gehört ...

SNOB

Ja, ich weiß ... ich bin allerorten bekannt. Wie sagten Sie, hieß
mein Vorgänger?

JOHN

Brian Farell ...

SNOB

Nein ... diesen Namen hab ich noch nie gehört ... – Auf jeden
Fall ist die Farm in einem schrecklichen Zustand ... aber das
spielt keine Rolle, ich werde so oder so einiges verändern ... *(er
lacht mit geschlossenem Mund)* ich habe die besten Anbaumetho-

den studiert ... und habe auf den größten Ländereien bei der
Arbeit zugeschaut ... und ich habe experimentiert ... eine neue
Zeit in der englischen Landwirtschaft wird bald anbrechen ... –
Von den Deutschen hab ich ganz besonders viel gelernt ... kräftige Menschen sieht man dort ... auch die Damen können recht
gut zupacken *(er lacht wieder, diesmal mit halb offenem Mund)*
... ansonsten aber sind mir die Leute dort etwas zu streng ...
und sie trinken keinen Tee ...

*Er schaut jetzt zur Stube hinüber ... und dort sieht er die neugierigen
Gesichter der Kinder, sowie von Mary und dem Gehilfen ...*

SNOB

Ach, du mein Gott ... Ihre Familie wartet mit dem Essen ... –
Hatten Sie etwa schon geschlossen? –

JOHN

Nein, ganz und gar nicht ...

SNOB

Aber ich sehe doch, der Tisch ist gedeckt ... und das Essen bereits in den Tellern ... und ich störe ... – Das tut mir aber leid.
Ich komme natürlich später nochmal ...

JOHN

Aber Sie machen überhaupt keine Umstände ...

SNOB

Nein, nein, nein ... ich möchte nicht, dass Ihr Essen kalt wird
... und werde deshalb jetzt gehen ... aber ich komme ganz
bestimmt wieder. – Und zudem wäre es ja auch Ihrer Frau gegenüber unhöflich, die sich ja solche Mühe gemacht hat ... und
ich möchte auf keinen Fall einen schlechten Ruf bekommen,
weil ich Sie beim Essen gestört habe ... – Aber keine Angst, ich
brauche diese Schuhe ... – Über Ihre Werkstatt habe ich gehört,
dass hier die besten hergestellt würden ... und man hat mir
auch erzählt, die würden ewig halten ... also dann bis später ...
in zwei Stunden bin ich wieder da ...

Der Snob verneigt sich ein wenig zur Stube hin … und geht …

JOHN
  Auf Wiedersehen …

John macht hinter dem Snob die Tür zu … und verriegelt sie …

John setzt sich an den Tisch …

MARY
  Wer war denn das? –

JOHN
  Mr Cooper … Williams neuer Nachbar …

MARY
  Er hat sich aber nicht vorgestellt …

JOHN
  Nein … aber ich hab schon von ihm gehört … keiner hat aber
  mit Sicherheit gewusst, ob er wirklich Brians Farm übernehmen
  wird … – Er soll sehr gebildet sein. William wird staunen, wenn
  er ihn kennenlernt …

MARY
  Glaubst du, er wird wiederkommen? –

JOHN
  Da bin ich mir ganz sicher … ihr habt es ja gehört, wir haben
  den besten Ruf, den man haben kann … – Wir werden viel
  Arbeit bekommen … sehr viel Arbeit …

*… und er lacht … und der Gehilfe ebenso, und seine ungepflegten und
halb verfaulten Zähne kommen zum Vorschein …*

STRASSE

Mr Cooper tänzelt mit seinem Stock die Straße hinunter … und beinahe jeder Passant schaut ihm kurz nach. Und einer, der von dessen Anblick gar nicht mehr lassen kann … aber frisch und munter und aufs Geratewohl weitergeht … stolpert nun geradewegs in ein am Straßenrand stehendes Pferd, worauf dieses schnell zu Seite weicht … und der verwirrte Mann fällt auf den staubigen Boden.

COOPERS FARM

Die Mägde und Diener nehmen noch letzte Veränderungen an den Einrichtungen der Zimmer vor: Stühle werden anders hingestellt, wieder verschoben, und auch ein Tisch in eine andere Ecke gerückt; ein Schrank mit Wäsche voll gestopft; Bilder aufgehängt.
Mrs Cooper ist in der Bibliothek ihres Mannes und ordnet die Bücher, sowie die Mappen und Papierbogen mit diversen Aufzeichnungen und Berechnungen. Und im Vorratsraum ist der erste Diener damit beschäftigt, Wein- und Schnapsflaschen einzulagern.

Es fällt auf, dass wir es hier nicht mit einem gewöhnlichen Farmerhaushalt zu tun haben, sondern, trotz der einfachen Architektur des Hauses, eine sehr teure und stilvolle Einrichtung vorherrscht. Den Möbeln ist anzusehen., dass sie größtenteils aus dem Haus in York stammen müssen.

Vor dem Haus bellen aufgeregt zwei Hunde. Eine Magd legt daraufhin schnell ihre Arbeit beiseite … eilt zu einem Fenster … und schaut neugierig durch die Scheibe auf den Hof …

AUF DEM HOF

Mr Cooper ist gekommen und wird nun von den Hunden angebellt. Er will mit seinem rechten Bein die zähnefletschenden Tiere vertreiben, muss aber auch gleichzeitig sein Pferd am Zügel halten, das mit jedem Bellen immer wieder zurückschreckt …

MR COOPER

Hey! – Weg da! – Was soll denn das?! – Ich wohne hier! – Wer
hat um Himmels willen diese Bestien hierher gebracht?! –

*Mrs Cooper kommt nun aus dem Haus gerannt ... und ruft die Hun-
de zurück ...*

MRS COOPER

Ich hab sie gekauft ... sie kennen dich noch nicht ... sie sind erst
seit heute hier ...

MR COOPER

Wie komme ich mir da vor? ... ich wohne hier ... und werde
von den eigenen Hunden von meiner Farm vertrieben ...

MRS COOPER

Du wirst dich bald mit ihnen anfreunden ...

MR COOPER

Ja, ja ... aber du hättest mich wenigstens vorwarnen können ...

MRS COOPER

Wann denn und wie? Ich weiß noch nicht einmal, wo die Post-
station ist ...

*Die Hunde liegen nun am Boden ... und blinzeln zu Mr und Mrs
Cooper hinauf ...*

MR COOPER

Kräftige Burschen ... sehr schön ...

MRS COOPER

Es sind eine Sie und ein Er.

MR COOPER

Ach ... tatsächlich? ...

... und er schaut die Tiere mit kritischem Blick an ...

MRS COOPER
  Hat bei dir alles geklappt?

MR COOPER
  Ja ... das Haus ist verkauft ... und wir haben jetzt mehr als
  genug Bargeld. Meinem Traum steht nun also nichts mehr im
  Wege ... – Habt ihr alles schon einrichten können? –

MRS COOPER
  Ja ... es ist beinahe alles erledigt ... – Unser Nachbar hat uns
  gestern Abend noch geholfen. Wir werden uns demnächst er-
  kenntlich zeigen müssen ...

MR COOPER
  Ja, ja, sobald wir etwas Zeit haben ... – Ich möchte mir jetzt
  alles ansehen ... machst du mit mir einen Rundgang?

MRS COOPER
  Natürlich ...

*Der Knecht kommt angerannt ... und führt das Pferd in den Stall.
Mr und Mrs Cooper gehen miteinander in den Stall ... und dann in
den Schuppen ... und danach ins Haus ...*

HAUS INNEN

*Die beiden Mägde machen einen Knicks, als sie ihrem Herrn begeg-
nen. Mr Cooper schaut sich alle Zimmer hocherfreut an ... und in
seiner Bibliothek setzt er sich in seinen Sessel hinter dem Schreibtisch
... und streichelt liebevoll und stolz eine Mappe, in der sich seine
Aufzeichnungen befinden. Der Titel seines Werks lautet:*

Revolutionäre Ideen für eine ertragreichere Landwirtschaft – sowie Anweisungen für die erfolgreiche Umsetzung in der Realität.
Von Jonathan Cooper

Dann steht er mit zufriedenem Gesicht wieder auf ... und geht mit seiner Frau in den Wohnraum, wo der Tisch bereits mit dem Teeservice gedeckt ist. Die Coopers setzen sich ... und Mr Hinds gießt den Tee ein. Auch Gebäck steht schon auf dem Tisch ... und Mr Cooper nimmt nun ein Plätzchen ... und knabbert es genüsslich und fühlt sich in seinem neuen Reich sichtlich wie ein König ...

Es fällt uns die zumindest äußere Ungleichheit des Paares auf, denn extremer könnte der Anblick von Mr und Mrs Cooper nicht mehr sein: die rundliche, kleine und kräftige Deutsche – und der dürre, große Gockel, der nicht im Mindesten hierher passt.

FARM DER FAMILIE GRAY

William und John arbeiten auf dem Strohdach des Wohnhauses und reparieren eine defekte Stelle; und dann wechseln sie im Schuppen einen schweren Stützbalken aus; und danach sitzen sie dann in der Wohnstube am Tisch und essen eine Kleinigkeit.

Später untersuchen sie im Stall das Pferd und machen besorgte Gesichter.

Im Haus, nahe beim Fenster, sitzt Dorothy an ihrem Spinnrad und arbeitet ...

AUF DEM HOF

Lucy baut aus kleinen Steinchen einen Pferch ... und stellt ihre vielen Holztiere hinein ... und das Kind summt währenddem eine Melodie.

LANDSCHAFT

William und John fahren auf einer einsamen Straße durch die Landschaft. Hinten am Wagen ist Johns Pferd angebunden, das mittrottet.

Sie kommen zur Abzweigung nahe Jonathan Coopers Farm. Und von hier, von der Hochebene aus, sehen wir jetzt unten in der Talmulde die Farm. Einige Schafe weiden unweit davon ... und auf dem Hof tollen die beiden Hunde umher.

COOPERS FARM AUSSEN

Jonathan Cooper kommt aus dem Haus ... und Mr Hinds, der Diener, folgt ihm ... und Mr Cooper gestikuliert aufgeregt ... und dann schreitet der Snob eine Linie ab ... bleibt stehen ... und weist den Diener an, eine andere Linie abzuschreiten. Und dann beginnt Mr Cooper auf einem Stück Papier, das er die ganze Zeit über in der einen Hand gehalten hat, eine Skizze zu zeichnen ...

LANDSCHAFT

William und John sehen diesem Treiben aus einiger Distanz eine Weile zu. Die beiden sagen kein Wort ... sehen sich aber dann vielsagend an ... und fahren weiter ...

COOPERS FARM AUSSEN

Das Spiel geht bei Mr Cooper weiter: Der Gockel zeichnet noch immer ... und dann gibt er Mr Hinds die Anweisung, dass er auf der jetzigen Position stehen bleiben soll, während nun Mr Cooper ins Haus geht ...

So steht nun also Mr Hinds wie auf verlorenem Posten da, während nun plötzlich die beiden Hunde den guten Mann anzuspringen beginnen und sich der Diener der Attacken kaum noch erwehren kann ... und so geschieht es denn auch, dass Mr Hinds seine Position nicht halten kann und von den Hunden umgeworfen wird.

STADT

William und John fahren eine Straße entlang ... und dann stoppt William den Wagen direkt vor Johns Werkstatt ... John steigt ab ... und verabschiedet sich von William ... und William bedankt sich

*bei seinem Freund für die Hilfe ... und dann bindet John sein Pferd
hinten am Wagen los ... und William fährt weiter ... biegt nun in
eine Seitenstraße ein ... und hält vor einem Gemischtwarenladen.
Wie William vom Wagen steigt, kommt im selben Moment eine etwa
25-jährige Frau des Wegs, die William nun erblickt und ihn erfreut
anspricht. Es ist Charlotte, eine Bekannte der Familie Gray.*

CHARLOTTE
  Tag, William!

WILLIAM
  Charlotte? –

CHARLOTTE
  Ja ... – hast du mich nicht erkannt?

WILLIAM
  Nein, im ersten Augenblick nicht ... du hast dich verändert.

*Charlotte ist äußerst attraktiv gekleidet, lässt aber nun bei genauerem
Hinsehen in ihrer Art immer noch eine einfache Herkunft erahnen.*

CHARLOTTE
  Danke für das Kompliment ... – in den Salons lernt man eben
  so einiges ... und wie geht es euch? – Ich habe von der schrecklichen Geschichte mit dem Verbrecher gehört ... und Dorothy
  soll es seither nicht sehr gut gehen.

WILLIAM
  Doch, es geht ihr wieder gut ... es geht ihr wirklich gut.

CHARLOTTE
  Da bin ich aber froh ... man kann eben nie glauben, was die
  Leute so daherreden. Und wie geht es mit der Farm?

WILLIAM

Viel zu tun ... du weißt ja ... der Winter naht. In der Stadt seid ihr in dieser Jahreszeit wirklich besser dran. – Ich nehme an, du wirst mit Dorothy wieder zusammenarbeiten ...

CHARLOTTE

Das geht diesmal nicht. Ich arbeite jetzt bei den O'Neills. Mr O'Neill ist sehr nett ... und er kauft mir manchmal sogar hübsche Kleider. Er sagt, er hätte noch nie eine so tüchtige Haushalthilfe gehabt wie mich ...

WILLIAM

Du bist bei den O'Neills? –

CHARLOTTE

Ja ... schon seit drei Wochen. Er liest mir oft vor ... und ich kenne jetzt schon alle berühmten Schriftsteller ... – Jetzt muss ich aber weiter ... er wartet auf mich ... – Ich hoffe, ich sehe euch mal wieder, wenn ich etwas mehr Zeit habe ... – Auf Wiedersehen William ... und grüß Dorothy von mir ...

Sie geht hastig weiter ... und William schaut ihr einen Augenblick lang nach ... und geht dann mit nachdenklichem Gesicht in den Gemischtwarenladen ...

STRASSE ETWAS SPÄTER

William lädt die gekauften Waren auf. Wind kommt nun plötzlich auf ... und die Schilder der Tavernen und Ale Houses werden quietschend hin und her geschaukelt. Nervöse Pferde müssen von ihren Besitzern beruhigt werden. Menschen suchen Schutz in den Häusern.

Der Sturm wird nun immer heftiger ... und William führt Pferd und Wagen in eine engere Gasse ... und hier versucht er seinem Pferd durch Zureden die Angst zu nehmen ...

Die Menschen warten in Kaufläden und in Ale Houses bei einem

Schwatz das Ende des Sturms ab und Kinder drücken ihre Gesichter an Fensterscheiben platt und beobachten den Wind.

Langsam beruhigt sich nun die Natur wieder … und die soeben noch menschenleere Straße bevölkert sich wieder. Auch William führt Pferd und Wagen aus der Gasse heraus und zurück vor den Gemischtwarenladen …

LANDSCHAFT

Vor uns liegt das weite Moor … und William fährt im Hintergrund mit seinem Wagen.

Die Farm der Familie Gray liegt in der windstillen Abenddämmerung. Der Schornstein raucht und der Schimmer des schwachen Kerzenlichts im Wohnraum ist durch ein Fenster zu sehen …

HAUS INNEN

Lucy liegt im Bett. Sie schläft ruhig und tief …

… und im Wohnraum sitzen beim Herdfeuer in ihren Stühlen William und Dorothy. Dorothy näht … und William zieht gedankenverloren an seiner Pfeife. Auch während des nun folgenden Dialogs zieht William immer wieder an seiner Pfeife, wodurch lange Gesprächspausen entstehen.

WILLIAM
  Morgen muss ich nochmals zur Stadt … ich konnte noch nicht
  alles besorgen … der Sturm hat mich zu viel Zeit gekostet … –
  Du wirst dir übrigens eine neue Hilfe suchen müssen …

DOROTHY
  Eine neue Hilfe? … weshalb? –

WILLIAM
Charlotte arbeitet jetzt bei den O'Neills, sie hat für uns keine
Zeit mehr ...

DOROTHY
Bei den O'Neills? ... aber ... sie hat mir nie etwas davon
erzählt ...

WILLIAM
... bei Mr O'Neill ... – Ich hab sie heute in der Stadt getroffen
... sie schien sehr vergnügt zu sein ... – Mr O'Neill kauft ihr
hübsche Kleider ...

DOROTHY
Hat sie das gesagt? –

WILLIAM *(nickt)*
– Verstehst du mich jetzt? Dieser Kerl versucht es wirklich bei
jeder neuen Magd ... und er hat Erfolg ...

DOROTHY
Ich mach mir darüber keine Sorgen ... und zudem wurde ich
für Mrs O'Neill eingestellt ... und dass Charlotte auch dort ist,
macht mir nichts aus ...

WILLIAM
Es scheint so, als ob dort jeder seine eigenen Angestellten
hätte ...

DOROTHY
Wenn ich erst mal dort arbeite, erfahre ich bestimmt mehr ...

WILLIAM
Sie hat sich sehr verändert ... – Das Leben in den Salons scheint
ihr zu gefallen ...

DOROTHY
Etwas mehr Abwechslung würde manchmal auch uns nicht
schaden ...

WILLIAM
  Brauche ich nicht ...

DOROTHY
  Aber ich ...

William schaut nur kurz zu Dorothy ... und zieht dann wieder ge-
dankenverloren an der Pfeife.

LANDSCHAFT

Stürme ziehen über die Hügel und über die Felder ...

Erst am Abend hat sich die Natur wieder beruhigt.

HAUS AUSSEN

William verlässt soeben mit einer Laterne in der Hand den Schuppen
... macht die Tür zu ... und geht einige Schritte über den Hof ... und
schaut dann an den Himmel ... Nun schweben im Schein der Later-
ne die Flocken des ersten Schnees zur Erde ...

William geht ins Haus ... und im Lichtschein der Fenster fallen die
Schneeflocken immer dichter vom Himmel ...

LANDSCHAFT NÄCHSTER TAG

Stille liegt über den weißen Hügeln Yorkshires. Nur hin und wieder
ragt noch an vereinzelten Stellen die Erde hervor.

Wir hören ein Kinderlachen ... und dann sehen wir Lucy, die auf
dem Feld einem Hasen nachrennt ... und ihn fangen will ... und
dabei immer wieder lacht. Und dann fällt sie in den Schnee ... und
der Hase bleibt stehen und schaut zu ihr ... und es sieht so aus, als ob
das Tier warten würde, bis sie wieder auf den Beinen ist ...

In der Talmulde kämpft sich nun William mit Pferd und Schlitten durch den Schnee ... das Pferd hat immer mehr Mühe voranzukommen. William steigt dann vom Schlitten ... und führt es durch die schwierige Stelle ... und dann geht die Fahrt weiter ...

Nun sieht Lucy auf dem Weg, unweit des Feldes, ihren Vater kommen. Sie beachtet den Hasen nicht mehr, sondern rennt so schnell sie kann ihrem Vater entgegen. Der Hase sitzt nun enttäuscht da und schaut dem Kind nach ...

William sieht seine Tochter ... hält kurz an ... und Lucy setzt sich neben ihn. Sie beginnt sogleich auf ihn einzureden ...

LUCY
  Ich hab einen Hasen gesehen, dort drüben, ich will ihn dir
  dann zeigen, er ist bestimmt hungrig und hat kalt!

WILLIAM
  Kalt hat er bestimmt nicht, sein Fell ist sehr dicht ...

LUCY
  Aber er hat nichts zu essen ... wir müssen ihm etwas bringen!

WILLIAM
  Auch das wäre nicht notwendig ... aber wir können ihm ja
  nachher etwas hinlegen ... aber zuerst müssen wir essen gehen.
  Ich bin mir sicher, dass Mama schon auf uns wartet. Ich bin wie
  immer zu spät dran ...

LUCY
  Ist sie dann wieder böse?

WILLIAM
  Böse? – Bestimmt nicht ... sie wird ja nie wirklich böse ... sie
  regt sich vielleicht manchmal etwas zu schnell auf, aber richtig
  böse ist sie nicht ... – Wenn wir jetzt heimkommen, dann gehst
  du gleich ins Haus und sagst ihr, dass ich mich beeilen werde ...
  und du wäschst dir die Hände, das wird sie dann sehr freuen ...

LUCY
    Ich wasch mir immer die Hände ...

WILLIAM
    So? ... dann ist ja alles gut ...

*Sie fahren nun zur Farm ... und William hält vor dem Schuppen ...
und Lucy springt sogleich ins Haus ... und wir hören von außen, wie
Lucy auch der Mutter vom Hasen erzählt. Lucy hat die Haustür offen
gelassen und die Mutter ermahnt nun das Kind, die Tür zu schließen.*

Lucy kommt zur Tür und schließt diese ...

HAUS INNEN

Die Familie sitzt am Tisch und alle essen ...

WILLIAM
    Zum Glück sind wir jetzt mit dem Notwendigsten versorgt ...
    ich finde mich in dem Treiben nie zu recht ... keine stille Ecke
    gibt es dort ... dieses dauernde Kommen und Gehen ...

DOROTHY
    Du bist nur nicht gewohnt, viele Leute um dich zu haben ...

WILLIAM
    Kann schon sein ... aber keine Woche könnte ich dort leben ...
    selbst Charly erträgt es nicht mehr ... es wird immer schlimmer
    mit ihm ... ganz verstört war er ... ein Hund hat ihn dann noch
    restlos aus der Fassung gebracht. Ich hatte auch große Mühe,
    heil aus diesem Treiben herauszukommen ... Kerle gibt es, die
    nehmen überhaupt keine Rücksicht, fahren durch die Straße,
    als gehöre sie ihnen ... so ist das jedes Mal. Eines weiß ich ... in
    die Stadt werden wir nie ziehen ... ich brauche dieses Haus ...
    hier haben meine Eltern gelebt ... und hierher gehöre ich. Hier
    hat mich mein Vater alles gelehrt ... hier hat er mir gezeigt, wie
    man Feuer macht ... Ich weiß das noch ganz genau, *(und zu*

Lucy) da war ich so alt wie du ... Aber das Schlimmste wisst ihr ja noch nicht ... wie ich aus dem Laden komme, sind Kinder dabei unseren Charly zu quälen ... ich hätte sie verprügeln sollen ... geschlagen haben sie ihn ... – Er wird alt ... und er macht mir immer mehr Sorgen. Ich weiß nicht, ob er im nächsten Jahr die Feldarbeit noch schaffen wird ...

DOROTHY
Dann können wir das zusätzliche Geld ja gut gebrauchen. Vielleicht reicht es im Frühjahr für ein neues Pferd ...

LUCY
Wollt ihr Charly weggeben?!

WILLIAM
Nein, weggeben werden wir ihn nicht ... aber er ist schon sehr alt ... und er schafft die Arbeit beinahe nicht mehr ...

LUCY
Muss er bald sterben? –

WILLIAM
Ich glaub nicht, er ist nicht krank, er hat nur nicht mehr so viel Kraft wie früher ...

DOROTHY
– Ich werde übermorgen bei den O'Neills beginnen ...

WILLIAM
Schon übermorgen? ... wenn es unbedingt sein muss ...

DOROTHY
William ... bitte ... nicht schon wieder ...

WILLIAM
Eigentlich bin ich sehr neugierig ... du wirst am Abend dann sicher viel zu erzählen haben.

LUCY
Papa, gehen wir nachher aufs Feld?

WILLIAM
  Ja ... natürlich ... *(und zu Dorothy)* Hast du etwas zum Fressen
  für den Hasen?

DOROTHY
  Für den Hasen? –

WILLIAM
  Ja ... der arme Kerl verhungert sonst noch ...

DOROTHY
  Ach so ... ja ...

HAUS AUSSEN

*William und Lucy kommen aus dem Haus ... und gehen zusammen
in Richtung Feld ...*

*Lucy hüpft immerzu ungeduldig neben ihrem Vater her ... und redet
währenddem pausenlos auf ihn ein ...*

HAUS INNEN

*Dorothy räumt das Geschirr beiseite ... und dann klopft es an der
Tür. Dorothy geht öffnen ... und Laura Cooper steht draußen.*

MRS COOPER
  Guten Tag, Mrs Gray ... ich bin Laura Cooper.

DOROTHY
  Mrs Cooper! ... ich freue mich ... kommen Sie bitte herein ...

MRS COOPER
  Ich habe ein schrecklich schlechtes Gewissen. Wir sind jetzt
  schon seit einigen Wochen Nachbarn ... und haben uns noch
  nicht kennengelernt. Ihr Mann war ja so freundlich ... und hat

uns geholfen … und wir haben uns noch nicht einmal erkennt-
lich gezeigt …

DOROTHY
Das macht doch nichts … wir wissen ja, wie viel eine Farm zu
tun gibt … und ein Umzug erst recht. Setzen Sie sich doch.
Möchten Sie einen Tee?

MRS COOPER
Ja, danke, sehr gerne …

Dorothy beginnt nun den Tisch zu decken …

DOROTHY
Ich habe gehört, Sie kommen aus Deutschland.

MRS COOPER
Ja … aus Bayern … eine schöne Gegend … aber England gefällt
mir trotzdem besser … Ich habe es ja erst durch meinen Mann
kennengelernt … wir sind für einige Wochen herumgereist …
und er hat mir alles gezeigt … – Ich habe noch nie zuvor so
schöne Landschaften gesehen …

DOROTHY
Ich kenne nur Yorkshire, die Hügel … und die Küste …

MRS COOPER
Sie sind hier aufgewachsen? –

DOROTHY
In Whitby. Mein Vater ist Fischer. Einige Zeit haben wir auch
in Robin Hoods Bay gelebt …

MRS COOPER
Ja … dieses Dorf habe ich auch gesehen … – Sie müssen wissen … so verschieden mein Mann und ich von der Herkunft
auch sind, wir haben uns sofort gut verstanden. Er ist durch
und durch davon beseelt, ein einfaches und naturverbundenes

Leben führen zu wollen ... er leidet sehr unter seiner strengen und vornehmen Erziehung. Er ist im Grunde ganz anders, als man glaubt, wenn man ihn so sieht ... man hat ihm jahrelang beigebracht, eine bestimmte Rolle zu spielen ... die er jetzt verzweifelt wieder abzulegen versucht. – Wir ergänzen uns ... ich kann ihm seine fehlenden bäuerlichen Kenntnisse beibringen ... und er erklärt mir die Welt der Politik und der Wissenschaften ... – Aber ich möchte Ihnen den Grund sagen, weshalb ich hauptsächlich gekommen bin. Mein Mann feiert übermorgen seinen Geburtstag, und ich möchte Sie und Ihren Mann einladen, mit uns den Abend zu verbringen. Es werden viele aus der Umgebung da sein. Aus York wollte er niemanden einladen. Er sagte, er wolle ausschließlich mit seinen neuen Freunden zusammen sein ...

DOROTHY
Wir kommen gern. Ich bin sehr neugierig, Ihr Heim kennenzulernen. William hat mir davon erzählt. Die Farm als solches kennen wir natürlich schon. Wir waren bei Brian ja sehr oft zu Besuch ... Aber ich könnte mir vorstellen, dass Sie mit der Zeit doch einiges verändern möchten ...

MRS COOPER
Ja ... mein Mann hat viele Pläne ... – Weshalb hat Mr Farell alles aufgegeben?

DOROTHY
Er hatte die selben Sorgen wie wir alle ... zu wenige Erträge.

MRS COOPER
Hat er eine andere Farm übernommen? –

DOROTHY
Nein, er ist nach Manchester gezogen. Er hat uns vor Kurzem geschrieben ... ich glaube, es geht ihm und seiner Familie gut. Er verwendet zwar nicht diese Worte ... er schreibt, es ginge ihnen nun besser. Man hört sonst immer nur Schlechtes aus diesen großen Städten. Für ihn war es vielleicht genau das Richtige. Er arbeitet in einer Manufaktur. Er stellt Teller und Tassen her. Trotzdem können wir es nicht so recht verstehen.

Das heißt, William hat mit der Entscheidung, dass er hier alles aufgegeben hat, mehr Mühe wie ich. Ich könnte mir ein Leben in einer großen Stadt schon vorstellen. Ich rede mit meinem Mann aber nur selten darüber ... wir streiten uns dann oft ... und der Grund ist dann immer die Stadt und eine Arbeit dort. Er kann nicht verstehen, dass auch ein Leben in einer Stadt seine guten Seiten haben kann. – Sie dürfen jetzt aber nicht denken, dass ich hier nicht glücklich wäre ...

MRS COOPER
Ich glaube, ich verstehe Sie schon.

DOROTHY
Einmal war ich in York. Dort hat es mir sehr gefallen. – Ihr Mann hat dort gelebt?

MRS COOPER
Ja ... und er hat alles aufgegeben. Aber er möchte den Kontakt zu dieser anderen Welt trotzdem nicht ganz verlieren. Er versucht, die Stadt und ein Leben auf dem Land in seinem Inneren zu verbinden. Er hat deshalb auch viele Möbel aus seinem Haus in York mitgenommen ... – Ich freue mich, Ihnen alles zeigen zu dürfen ... und Sie müssen mir dann ihre ehrliche Meinung sagen, ob Ihnen unsere Art zu wohnen gefällt. Ich selber habe einige Zeit gebraucht, um mich so richtig zu Hause zu fühlen. Ich habe mich zuerst an diese teuren Möbel gewöhnen müssen. Ich stamme ja aus einer sehr einfachen Familie ... und bin in eine für mich vollkommen neue Welt hineingeraten ...

Nun geht mit einem Ruck die Haustür auf ... und Lucy rennt hinein ... und ruft im Korridor zum ihr folgenden Vater:

Schnell, schnell, Papa ... er darf nicht wegrennen!

Und jetzt kommen Lucy und William in den Wohnraum. Lucy bleibt schnell stehen ... und auch William schaut für einen Moment erstaunt auf den Gast.

DOROTHY
Wir haben Besuch ...

WILLIAM
Freut mich, Sie zu sehen, Mrs Cooper ... – Lucy, das ist Mrs
Cooper, sie lebt auf der Farm, auf der Anne gewohnt hat ...
(und zu Mrs Cooper) Und das ist Lucy.

MRS COOPER
Hallo Lucy ...

*Lucy gibt Mrs Cooper schüchtern die Hand ... und sagt nichts ... und
alle lachen ...*

WILLIAM
Seid ihr uns böse, wenn wir wieder raus gehen? Wir wollten nur
noch mal eine Kleinigkeit für den Hasen holen. Der Kleine ist
enorm hungrig ...

DOROTHY
Wir haben uns schon über vieles unterhalten ...

MRS COOPER
Ich glaube, der Hase ist nun wichtiger als unsere Unterhaltung.

DOROTHY
Wir sind von Mrs Cooper eingeladen worden, für übermorgen
Abend. Ihr Mann feiert seinen Geburtstag ...

WILLIAM
Da kommen wir gern ... vielen Dank ... wir freuen uns ...

MRS COOPER
Können Sie Lucy allein lassen? –

WILLIAM
Sie war auch schon alleine im Haus. Wir waren zwar noch nie
lange fort ... aber sie weiß, wie sie die Tür verriegeln muss und

dass sie keine fremden Menschen reinlassen darf. – Wir bleiben deshalb vielleicht auch nicht allzu lange ...

MRS COOPER
Natürlich, ich verstehe das ...

LUCY
Papa ... er ist bestimmt schon fort ...

WILLIAM
Das glaub ich nicht ... er wird bestimmt auf uns warten. Ein so gutes Fressen hat er sicher schon lange nicht mehr bekommen. *(zu Mrs Cooper und Dorothy)* Dann gehen wir jetzt wieder. Hast du noch Küchenabfälle?

DOROTHY
Ja, hier hat es noch etwas ...

... und sie reicht Lucy in einem kleinen Becken einige Karottenstücke.

WILLIAM *(zu Mrs Cooper)*
Dann bis übermorgen ...

Lucy rennt mit einem Lachen voraus ... und William geht ihr mit schnellem Schritt hinterher ...

MRS COOPER
Ein nettes Kind ...

DOROTHY
Ja, sie macht uns viel Freude ...

MRS COOPER
Es ist Jonathans erstes Geburtstagsfest, das er nicht in steifen Salons feiern muss. Er freut sich sehr darauf ...

AUF DEM FELD

*William und Lucy halten Ausschau nach dem Hasen ... und dann
kommt der Kleine angehoppelt ... und Lucy lacht leise und legt ihm
die Karottenstücke hin ... und vorsichtig kommt das Tier näher und
frisst dann ... und Lucy strahlt über das ganze Gesicht ...*

HAUS INNEN ABEND

*Stille. Lucy liegt im schwachen Schein einer Kerze regungslos im Bett.
Aufgrund ihrer großen Augen können wir erkennen, dass sie etwas
ängstlich ist und auf alle Geräusche im Haus horcht. Dann aber
nimmt sie ihre Puppe näher zu sich, dreht sich zur Seite und beobachtet vom Bett aus die Katze in ihrem Korb auf dem Fußboden ...
Die Katze liegt still da und schläft ...*

LANDSCHAFT ABEND

*Undeutlich sind im Lichtschein einer Laterne im Hintergrund zwei
Gestalten zu sehen. Wir erkennen dann aber William und Dorothy.*

DOROTHY
Hoffentlich fürchtet sie sich nicht zu sehr ... und wenn es beginnen sollte zu stürmen, möchte ich sofort nach Hause ...

WILLIAM
Keine Sorge ... länger wie zwei Stunden halte ich es dort so oder
so nicht aus ...

HAUS DER COOPERS AUSSEN

*Außer William und Dorothy kommen nun aus einer anderen Rich-
tung noch weitere Gäste zum Haus ...*

HAUS DER COOPERS INNEN

*Mehrere Männer und Frauen, darunter auch William und Dorothy,
sitzen in ihren allerbesten Sonntagskleidern auf den vornehmen Stühlen im Wohnraum. Beängstigendes Schweigen herrscht, nur hin und
wieder räuspert sich jemand. Die Diener und Mägde stehen etwas
abseits der Gesellschaft. Und nun kommt Mrs Cooper in den Raum,
sichtlich verlegen, und schaut für einen Moment jedes der neugierigen
und schweigenden Gesichter ihrer Gäste an ... und nur langsam und
mit kraftloser Stimme beginnt sie zu der Gesellschaft zu sprechen.*

MRS COOPER
Ja, es sind alle da ... und das freut mich ... aber ich will jetzt
nicht zu viel reden ... denn mein Mann soll ja der Mittelpunkt
des Abends sein. – Ich werde ihn jetzt holen ... er ist bestimmt
schon sehr aufgeregt ...

Sie geht aus dem Raum ... und ins Nebenzimmer ...

IM NEBENZIMMER

*Hier wartet er auf seinen Auftritt. Mrs Cooper ist nun aber plötzlich
sehr aufgeregt ... Sie sieht ihren Mann von Kopf bis Fuß an ...*

MRS COOPER
So kannst du nicht vor die Leute treten ... sie haben sich alle
sehr fein gemacht ... und mit deinem Aussehen beleidigst du
sie.

*Mr Cooper hat eine Bauernkleidung angezogen, neu und sauber
zwar, aber eine, die in der Regel nur bei der Arbeit angebracht ist ...*

MR COOPER
Ich habe sehr lange für mein neues Leben kämpfen müssen ...

und ich werde mich nicht wieder in die alten Gewohnheiten drängen lassen. Ich werde jetzt rein gehen, um meinesgleichen begrüßen zu können ...

Er macht sich auf den Weg in den Wohnraum ...

WOHNZIMMER

... und hier wird uns nun die lächerliche Situation voll bewusst. Seine Gäste sehen ihn verstohlen von Kopf bis Fuß an ...

Mr Cooper ist sichtlich stolz auf seine einfache Kleidung und lässt sich für eine Weile schweigend bewundern ...

... und dann beginnt er mit einer geschwollenen Rede:

Ich freue mich ... ich freue mich so, unter einfachen Leuten sein zu dürfen ... und mich endlich, endlich auch zum Bauernvolk zählen zu dürfen. Obwohl als Edelmann geboren, habe ich trotz allem auch das einfache Leben studiert ... und nicht zuletzt auch dank meiner lieben Frau zum neuen Stand schließlich gefunden. – Wie Sie vielleicht noch nicht wissen, versprechen meine Studien über neue Anbaumethoden einen Wandel in der Landwirtschaft ... und ich werde sicher jedem von euch sehr hilfreiche Ratschläge geben können, um Erträge ins Vielfache steigern zu können ... – Doch jetzt genug geredet, lasst uns nun essen und feiern. Zur Unterhaltung habe ich eigens Volksmusikanten verpflichtet. Ich bitte nun um einen Applaus für unsere Musikanten ...

Eine Gruppe Musiker betritt nun den Raum, ebenfalls alle in den einfachsten Bauernkleidern. Die Gäste beginnen nun zaghaft zu applaudieren. Die Musiker beginnen zu spielen ... und die Diener und Mägde servieren das Essen ...

Doch trotz fröhlicher Musik herrscht eine etwas verhaltene Fest-

stimmung: Es wird gegessen, getrunken, geredet, aber nur zögerlich gelacht, und zu alldem spielt die Musik ... und Mr Cooper fühlt sich glücklich unter „Seinesgleichen".

Die Stimmung lockert sich dann: Mr Cooper ist ein sehr guter Tänzer, und die Damen beginnen sich nun buchstäblich um einen Tanz mit ihm zu reißen, sehr zu seinem Vergnügen; er scheint sich darüber zu amüsieren, dass so ganz und gar keine Etikette eingehalten werden muss ...

Dann torkelt er zur Seite ... und setzt sich auf einen Stuhl ... und sagt zu Mr Hinds, seinem ersten Diener:

Herrlich, ganz einfach herrlich ... und vollkommen unkompliziert. Man stelle sich eine solche Unkompliziertheit mal in unseren Salons vor ...

MR HINDS
Sie geben mir das Stichwort, Sir ... wir haben noch weitere Musikanten, die sie dem einfachen Volk präsentieren möchten ...

MR COOPER
Ach ja, richtig ... noch etwas Kultur ... *(er räuspert sich)* etwas von der anderen Kultur meine ich natürlich ...

Mr Cooper steht von seinem Stuhl auf ... und gibt mit einer Handbewegung den Musikanten das Zeichen zum Aufhören. Alle Gäste sehen nun erstaunt zu Mr Cooper ...

MR COOPER
Meine lieben Freunde ... ich habe nun noch eine ganz besondere Überraschung: Musik aus den Salons ... es sind Werke und Melodien, die bis vor Kurzem noch zu meinem alltäglichen Leben gehört haben ... nun aber bereits auch für mich aus einer anderen Welt stammen ...

Er macht wiederum ein Handzeichen ... und die Volksmusikanten machen einer anderen Gruppe Platz. Zwei Diener stellen währenddem noch ein Cembalo auf ...

Angespannte Stille herrscht jetzt ... und dann beginnen die Musiker mit edelsten Melodien. Die Bauern hören mit großen Augen zu ... und Mr Cooper kommen die Tränen ...

LANDSCHAFT NACHT

Unweit der Farm der Coopers tanzen nun „Happy Peoples" (transparente Geistwesen) zur Salonmusik. Die Geistwesen haben allesamt Rokoko–Kleider an und scheinen einer vornehmen Abendgesellschaft entsprungen zu sein ...

LANDSCHAFT NACHT ETWAS SPÄTER

William und Dorothy sind auf dem Heimweg ... und dann ein Aufschrei Dorothys ... und befreites Lachen ... Dorothy ist auf dem eisigen Weg ausgerutscht ... und William hat sie im letzten Moment noch halten können ...

Beide kommen jetzt Arm in Arm daher ...

WILLIAM
Sonderbare Menschen ... die beiden ... – Laura wird wahrscheinlich noch ihre liebe Mühe mit ihm haben ... – Ich wage meine Gedanken gar nicht auszusprechen ... was sieht Laura bloß in ihm ... ist es das Geld? –

DOROTHY
Ich glaube, ihre Ehe wird nicht lange halten ... – Es ist schön, wie sie sich alles eingerichtet haben. Sie zeigen uns, dass man auch auf einer Farm ganz anders leben kann, aber, ich habe das Gefühl, dass Jonathan krank ist ... er ist mir auch etwas unheimlich ...

WILLIAM

Der Mann ist verwirrt ... glaubt, er könne seine Farm vom
Schreibtisch aus und mit Büchern bewirtschaften ... – Hast du
mit ihm getanzt?

DOROTHY

Ja ... einmal ...

WILLIAM

Du tanzt mit einem Menschen, der dir unheimlich ist?

DOROTHY

Er hat mich darum gebeten ... und ich wollte nicht unhöflich
sein ... – Laura hat sich nie mit uns unterhalten ... ich hab sie
mir eigentlich etwas herzlicher vorgestellt ...

WILLIAM

Wahrscheinlich hatte sie nie Zeit ... sie musste sich ja um alles
kümmern ... – Wir werden sie bald einmal zu uns einladen
... – sonst aber war es ein richtig schöner Abend ... und ich hab
mich endlich einmal mit Stuart unterhalten können ... warst
du nicht dabei, als er die Geschichte von Alexander Mc Grant
erzählt hat?

DOROTHY

Oh doch ... und die möchte ich nicht mehr hören ...

William lacht ...

DOROTHY

Ich hab kalt ... komm, wir beeilen uns ...

HAUS DER GRAYS INNEN

William und Dorothy kommen herein ...

DOROTHY *(flüstert)*
  Sei leise ...

*William geht mit seiner Laterne geradewegs auf Zehenspitzen zum
Bett ...*

Dorothy geht leise zu Lucys Bett ... Das Kind schläft ruhig und tief ...

FARM AUSSEN NACHT

In großen schweren Flocken schneit es ...

HAUS INNEN

*William erwacht ... steht dann auf ... geht zum Fenster ... und schaut
in die Nacht ... und legt sich dann wieder hin ...*

Dorothy erwacht ...

DOROTHY
  War was? –

WILLIAM
  Es schneit schon wieder ... – Dieser verdammte Schnee ...

Dorothy sagt nichts ... sie rückt nur näher zu ihrem Mann ...

HAUS DER GRAYS INNEN FRÜHER MORGEN

*Allererstes Dämmerlicht dringt ins Haus. William und Dorothy
schlafen noch ... Das Kind erwacht ... und rekelt sich ... Die Katze
im Korb schaut zu Lucy ... Lucy steht auf und geht zu ihr hin und
streichelt sie ... und geht dann wieder weg und die Katze schaut ihr
nach ...*

Leise und auf Zehenspitzen schleicht sich Lucy zum Bett ihrer Eltern ... und beobachtet die Schlafenden.

Dann kriecht sie vorsichtig zu ihrem Vater ins Bett ... und beobachtet ganz nah seine geschlossenen Augen ... und dann öffnet William ganz langsam ein Auge ... und lacht still ... und Lucy kichert leise ...

Dorothy erwacht ... und atmet tief ...

WILLIAM *(flüstert)*
  Wir haben Mama geweckt ...

... doch Dorothy dreht sich gleich wieder zur Seite ... und schläft weiter, ohne die Augen geöffnet zu haben ...

William und Lucy kichern ...

Dann hören sie einen Pferdeschlitten aufs Haus zukommen. William und Lucy horchen gespannt ... doch das Pferdegespann hält nicht, sondern trabt am Haus vorbei ... und entfernt sich wieder ... und William und Lucy sehen sich fragend an ...

HAUS INNEN MORGEN

Lucy sitzt auf dem Teppich und spielt mit ihren Holztieren ... und dann kommt Dorothy im Mantel zu ihr ...

DOROTHY
  Ich geh jetzt zur Stadt, zu den O'Neills ... sei schön artig ...

Dorothy gibt Lucy einen Kuss ... und verlässt dann das Haus ...

HAUS AUSSEN

Auf dem Hügel, beim Waldrand, sammelt William Holz und stapelt es auf einen kleinen Schlitten …

Dorothy ruft dann:

William!

… und beide winken sich zu …

William ist dann wieder bei seiner Arbeit … und Dorothy geht in Richtung Wald … und dann geht sie durch die Talmulde … doch plötzlich verschwindet nun Dorothy aus unserem Blickbereich, denn der Pfad führt hinter einer Hügelkuppe durch, und vom vielen Schnee verschwimmt alles zu einem einheitlichen Weiß …

HAUS INNEN

Lucy sitzt noch immer auf dem Fußboden und ist in ihr Spiel vertieft. Leise summt sie ihr Lied … und setzt die Puppe auf ein Holzpferdchen …

LANDSCHAFT

Beim Waldrand arbeitet noch immer William …

STADT

Dorothy geht durch eine Straße bis zum Haus der O'Neills. Dann bleibt Dorothy vor einem vornehmen Haus stehen. Es ist ein typisches herrschaftliches Haus des 18. Jahrhunderts.

Dorothy wirkt nun sichtlich nervös … und muss tief Luft holen … und allen Mut zusammennehmen …

Von der Treppe aus blickt Dorothy an der hohen, bedrohlich wirkenden Fassade empor ... Dorothy geht dann die wenigen Stufen hinauf bis zum Eingang. Sie nimmt den großen Türklopfer in die zitternde Hand ... und klopft zunächst etwas kraftlos ... schlägt ihn dann aber nochmal gegen die Tür, und diesmal mit etwas mehr Kraft.

Ein Diener öffnet ...

DIENER
  Ja, bitte? –

DOROTHY
  Ich bin Dorothy Gray, ich soll heute mit der Arbeit beginnen ...

DIENER
  Ach, ja, Mrs Gray, bitte, kommen Sie herein ...

Dorothy geht hinein ... und der Diener mustert sie währenddem kritisch von Kopf bis Fuß ...

HAUS INNEN

DIENER
  Ich werde Sie gleich in die Küche begleiten ... man erwartet Sie schon ...

DOROTHY
  In die Küche? Ich dachte, ich würde Mrs O'Neill zugeteilt.

DIENER
  Ich weiß nicht, wer Sie eingestellt hat, aber Mrs O'Neill hat bereits eine Dienerschaft ...

DOROTHY
  Ich habe mich bei Mr Andrews beworben ...

DIENER
Mr Andrews arbeitet nicht mehr für Mr O’Neill ... Mr O’Neill
stellt sein Personal nun persönlich ein ... und entlässt auch
wieder bei Bedarf. Ich bringe Sie nun also in die Küche ... dort
werden Sie von Mrs Waters weitere Anweisungen erhalten.
Bitte folgen Sie mir jetzt.

*Sie gehen nun zusammen durch die Eingangshalle ... dann durch
eine Tür und eine Treppe hinab, die in den Keller führt ... und dort
gehen sie weiter in die Küche.*

*Hier sitzen zwei Frauen an einem Tisch und sind anscheinend an der
Besprechung des Speiseplanes.*

MRS WATERS
... und keine Zwiebeln, Sie wissen doch, dass ihm Zwiebeln
nicht bekommen ...

KÖCHIN
Ja, Mrs Waters, ich will es mir merken ...

Die beiden Frauen schauen nun zu Dorothy und dem Diener ...

DIENER
Mrs Waters ... das ist Mrs Gray ...

MRS WATERS
Wir haben Sie eigentlich schon früher erwartet ... aber setzen
Sie sich doch erst mal, ich bin gleich soweit ... – Danke Robert.

*Der Diener geht ... Dorothy setzt sich ... und Mrs Waters redet wieder
mit der Köchin ...*

MRS WATERS
  Wo waren wir? –

KÖCHIN
  Bei den Zwiebeln ...

MRS WATERS
  Ach ja ... und bemühen Sie sich bitte, endlich so einzukaufen,
  dass nicht die Hälfte der Lebensmittel verderben ...

KÖCHIN
  Ja, Mrs Waters ...

MRS WATERS
  Und noch etwas ... Mr O'Neill hat sich beklagt, dass der Lunch
  gestern nicht frisch gewesen ist.

KÖCHIN
  Das kann nicht sein ... ich habe alles am Morgen besorgt ...

MRS WATERS
  Dann haben Sie eben bereits verdorbene Waren eingekauft.
  Einfach nur das Erstbeste zu nehmen genügt nicht ...

*Dorothy wird es sichtlich peinlich, diese ganze Unterredung mitanhö-
ren zu müssen ...*

KÖCHIN
  Ich hätte auch ein Anliegen, Mrs Waters.

MRS WATERS
  Ja? ... und das wäre?

KÖCHIN
  Die neue Küchenhilfe ... die neue Küchenhilfe ist sehr ungeschickt ...

MRS WATERS
Was heißt das? –

KÖCHIN
Sie lässt vieles auf den Boden fallen ... auch schon das Fleisch ...
und das Gemüse ...

MRS WATERS
Und weshalb ist das so? ... Julie hat nur die besten Empfehlun-
gen ...

KÖCHIN
Sie ist ungeschickt ... hat zwei linke Hände ...

MRS WATERS
Das kann ich nicht glauben ... alle ihre bisherigen Herrschaften waren sehr zufrieden mit ihr ... – Und sonst gibt es nichts
mehr? –

KÖCHIN
Nein, Mrs Waters ...

MRS WATERS
Gut ... dann jetzt zu Ihnen, Mrs Gray ... Sie werden ebenfalls
hier in der Küche arbeiten ...

DOROTHY
In der Küche? ... aber, man hat mir gesagt, Mrs O'Neill suche
eine Kammerzofe ... und man hat mir diese Stellung zugesi-
chert.

MRS WATERS
Bestimmt hat Sie noch Mr Andrews eingestellt ...

DOROTHY
Ja ...

MRS WATERS
... aber Mr Andrews arbeitet nicht mehr für uns ... es war dringend notwendig, dass ich seine Angelegenheiten übernommen

habe ... Sie arbeiten also in der Küche ... Sie sind die zweite Küchenhilfe ... und auch für die Reinhaltung aller Räumlichkeiten hier unten verantwortlich. Sie beginnen um sieben Uhr morgens ... und bereiten dann alles für die Mahlzeiten vor ... und dann helfen Sie bei deren Zubereitung ... und danach übernehmen Sie die Reinigung der Küche. Sie arbeiten sieben Tage, und einen Tag im Monat haben Sie zu Ihrer freien Verfügung ...

DOROTHY
Ich kann aber nur drei Tage in der Woche arbeiten ... höchstens vier ... ich habe noch eine Familie ...

MRS WATERS
Dann können wir Sie nicht gebrauchen!

Mrs Waters steht auf ... und will gehen ...

DOROTHY
Aber, ich brauche diese Arbeit ... und Mr Andrews war mit drei Tagen in der Woche einverstanden ...

MRS WATERS
Mr Andrews ... Mr Andrews! ... wie oft muss ich noch sagen, dass dieser Mr Andrews keine Vollmachten mehr hat! – Guten Tag, Mrs Gray!

Mrs Waters geht. Dorothy sieht ihr verzweifelt nach ... bleibt aber sitzen. Sie beginnt zu weinen ... und die Köchin umarmt sie ... und versucht, Dorothy zu trösten:

Sei froh, dass du hier nicht bleiben kannst ... es ist ein schreckliches Haus ...

DOROTHY
Aber, ich bräuchte dringend das Geld ... wir müssen uns ein

neues Pferd kaufen. Gibt es denn keine Möglichkeit, sie noch
umzustimmen?

KÖCHIN
Ich glaube nicht ... sie ist sehr streng ... aber ich bin mir sicher,
du wirst woanders eine Arbeit finden ... es gibt so viele, die eine
nette Haushalthilfe suchen ...

DOROTHY
Wer denn? –

KÖCHIN
Mr Patrick sucht immer Leute ...

DOROTHY
Mr Patrick? ... von ihm hat mir doch William erzählt ... er soll
kein sehr angenehmer Mensch sein ...

KÖCHIN
Angenehm sind sie alle nicht ... aber sie haben sehr viel Geld,
das wir uns bei ihnen verdienen können. – Ich glaube, du hast
doch einen Fehler gemacht ... du hättest diese Stellung einfach
annehmen sollen ...

DOROTHY
Das geht aber nicht ... ich habe einen Mann und eine Tochter
... und eine Farm, die wir bewirtschaften müssen ... wie soll ich
da eine ganze Woche wegbleiben können!

KÖCHIN
Wenn das nicht geht, dann weiß ich auch nicht, wie ich dir
noch helfen kann. Du musst eben weiter suchen ...

DOROTHY
Wie hältst du es hier bloß aus? –

KÖCHIN
Ich habe im Großen und Ganzen meinen Frieden. Nur wenn
dieser alte Idiot mal wieder versagt hat, hackt er auf mir rum ...
und nörgelt über das Essen ... dies ist nicht recht ... und jenes

schmeckt schon angefault und überhaupt wie über den Küchenboden gezogen *(sie lacht)*.

... und auch Dorothy muss lachen ...

DOROTHY
Du hast gesagt, wenn er mal wieder versagt hat ... – was meinst du damit?

KÖCHIN
Bei seiner jungen Freundin ... die lässt ihn kaum zu Atem kommen. Stell dir vor, als Kammerzofe wurde sie angestellt und benimmt sich jetzt so, als wäre sie mit ihm verheiratet. Sie gibt mittlerweile mehr Anweisungen, was im Haus zu geschehen hat, als seine Frau. Ein richtiges Biest ist diese Charlotte. Als sie hier anfing, da hat sie noch bei uns hier unten in der Küche gegessen ... und jetzt verlässt sie seine Gemächer oft tagelang nicht mehr. Du kannst dir nicht vorstellen, wie es im zweiten Stock manchmal zu- und hergeht, wenn Mrs O'Neill die ganze Sache mal wieder zu viel wird. Sie schreit dann so laut, dass wir sogar hier unten jedes Wort verstehen können. Aber sie hat gegen dieses Biest keine Macht mehr. Die Kleine hat das ganze Haus total in der Hand ...

DOROTHY
Ich muss dir gestehen, dass ich dieses Biest kenne ...

KÖCHIN
Charlotte? –

DOROTHY
Ja ...

KÖCHIN
Ach du mein Gott ... und ich erzähle nur schlechte Dinge von ihr ...

DOROTHY

Nein, nein, mach dir keine Sorgen deshalb, sie lässt sich bei uns ja nicht mehr blicken ...

KÖCHIN

Da bin ich aber froh ... du kannst dir nicht vorstellen, wie eingebildet sie ist ... sie gibt nur noch Befehle ... und „bitte" oder „danke" hört man von ihr nie ... – War sie schon früher so?

DOROTHY

Überhaupt nicht ... noch vor einem Jahr war sie glücklich und dankbar, dass sie bei uns arbeiten konnte ... aber jetzt hat sie keine Zeit mehr. Sie hat jetzt eben ein besseres Leben kennengelernt. – Eigentlich bin ich froh, diese Stellung nicht bekommen zu haben ... zuerst habe ich gedacht, es würde mir nichts ausmachen mit Charlotte hier zusammenarbeiten zu müssen, aber unter diesen Umständen bin ich jetzt wirklich froh, dass es nicht dazu gekommen ist ...

Dorothy trocknet nun noch die letzten Tränen ... und wird nachdenklich ...

KÖCHIN

Du bist aber trotzdem nicht glücklich ...

DOROTHY

Ich weiß überhaupt nicht, wie ich es William beibringen soll. Er war immer dagegen, dass ich bei einem dieser reichen Herren eine Stellung annehmen wollte. Er hat mit die schlimmsten Geschichten erzählt ... und jetzt muss ich ihm recht geben. Wir haben uns häufig gestritten ... und der Grund war immer diese Arbeit ... Wahrscheinlich wird er jetzt trotz allem nicht erfreut sein, obwohl er zuerst dagegen war, denn er hat mit dem Geld schon fest gerechnet.

KÖCHIN

Hast du keine andere Möglichkeit, um noch etwas zu verdienen? –

DOROTHY

Doch ... Heimarbeit ... was ich im Winter noch nebenher
mache. Ich webe ... und sticke. Mein Mann war immer der
Meinung, dass wir mit unseren eigenen Möglichkeiten ein Aus-
kommen haben sollten ...

KÖCHIN

Ich kann dir dazu keine Meinung sagen, denn ich habe noch
nie auf einer Farm gearbeitet und verstehe deshalb nichts davon. Ich war immer nur Köchin, zuerst Küchenhilfe natürlich,
bis ich dann auch selber kochen durfte. Einige Zeit war ich
dann in einem reichen Haushalt nur für die Soßen zuständig.
Ich hatte eine gute Lehrmeisterin. Ich glaube, ich mache sehr
gute Soßen. – Hast du viele Freundinnen? –

DOROTHY

Nein, nicht sehr viele ...

KÖCHIN

Ich auch nicht ... ich habe ja auch nie Zeit ... immerzu bin ich
in der Küche ...

DOROTHY

Und wo wohnst du?

KÖCHIN

Auch hier im Haus ... ich habe eine kleine Kammer unter dem
Dach. Komm, ich zeig sie dir! Wir dürfen aber nicht reden, bis
wir oben sind. Mrs Waters ist jetzt bestimmt in ihrem Zimmer.
Also ganz leise.

*Sie gehen nun hintereinander leise die Treppe hinauf ins Erdgeschoss
... und weiter, Stockwerk für Stockwerk, bis zum Zimmer der Köchin.*

Sie gehen ins Zimmer ... und Dorothy sieht sich darin um ...

KÖCHIN
Hier wohne ich ...

Es ist ein sehr bescheidenes und kaltes Zimmer ...

DOROTHY
Hast du hier keinen Ofen? –

KÖCHIN
Nein, aber ich nehme immer eine Wärmeflasche mit hinauf ...
und wenn ich im Zimmer bleibe, dann bin ich fast immer im
Bett. Im Sommer ist es hier aber sehr angenehm, manchmal
sogar richtig heiß ... – Sieh nur, es schneit schon wieder ...

*Die Köchin zeigt nun zum kleinen Dachfenster, vor dem die Flocken
hinunter schweben ...*

KÖCHIN
Bist du mit einem richtigen Pferdeschlitten gekommen?

DOROTHY
Nein, zu Fuß ...

KÖCHIN
Wohnst du weit von hier?

DOROTHY
Nein, in der Nähe der Abbey, eine halbe Stunde von hier ...

KÖCHIN
Ich hab dich in der Stadt aber noch nie gesehen ...

DOROTHY
Wir kommen nicht sehr oft hierher ...

KÖCHIN
Ich glaube, die Menschen kümmern sich hier nicht sehr um
den andern ...

DOROTHY
Jeder hat eben zu tun ...

KÖCHIN
In Thirsk hättest du die besten Aussichten, eine Stellung zu
finden ...

DOROTHY
Thirsk ist zu weit weg ...

KÖCHIN
Tja ... dann weiß ich auch nicht weiter ...

DOROTHY
Ich werde jetzt gehen, sonst bekommst du noch Schwierigkeiten ...

*Sie verlassen das Zimmer ... und gehen die Treppe hinab ... Dann
hören sie beim nächsten Stockwerk aus einem der Zimmer ein ver-
gnügtes Lachen. Die beiden Frauen bleiben stehen und horchen ...*

KÖCHIN
Das ist Charlotte und der alte Herr ... so ist das immer ...

DOROTHY
Komm wir gehen ... nicht, dass wir noch überrascht werden ...

KÖCHIN
Ja, aber ganz leise ...

Sie schleichen weiter die Treppe hinab ...

HAUS AUSSEN BEIM LIEFERANTENEINGANG

Es schneit noch immer.

Dorothy kommt heraus und die Köchin bleibt unter der Tür stehen ...

KÖCHIN
Gehst du jetzt nach Hause?

DOROTHY
Ja ... natürlich ... und ich werde mir unterwegs überlegen, wie ich die ganze Sache meinem Mann erklären soll. Ich sollte wahrscheinlich doch mehr auf ihn hören, er hat schließlich eben doch meistens recht. Und genau diese Tatsache macht mich oft wütend. Aber es wird mir nichts anderes übrig bleiben, als ihm meine Niederlage einzugestehen ...

KÖCHIN
Ich wünsche dir viel Glück ...

DOROTHY
Danke ...

Die Köchin geht zurück ins Haus ... und Dorothy schaut noch kurz an der Hausfassade empor, obwohl sie infolge der vielen Schneeflocken fast nichts sehen kann ... und geht dann weiter ... die Straße hinunter ... und schon bald können wir sie durch den dichten Schneevorhang nicht mehr sehen.

LANDSCHAFT UND HAUS DER FAMILIE GRAY

Immer dichter fällt der Schnee vom Himmel. Einzelheiten in der Landschaft sind nur noch mit Mühe zu erkennen: Ist das die kleine Brücke über den Bach? ... und dort der Weg zur Stadt? ... und ein Kind? Es ist Lucy: Sie hat Stiefel und Mäntelchen angezogen und spielt jetzt vor dem Haus mit den Schneeflocken ...

Es hört auf zu schneien ... und William kommt aus dem Haus ... und schaut besorgt an den Himmel. Er ruft Lucy zu sich ... und beide gehen nun wieder hinein ...

William nimmt eine Laterne vom Regal ... und gibt sie Lucy ...

WILLIAM
Hast du den Himmel gesehen? ... mir gefällt das nicht. Es wird einen stürmischen Nachmittag geben. Ich glaube, schon in einer Stunde wird es dunkel sein. Bring deiner Mutter die Laterne, ohne Licht wird sie sonst nicht nach Hause finden. Sie arbeitet bei den O'Neills ... in dem großen Haus am Ende der Straße. Dort musst du klopfen ... und wenn ein Diener öffnet, dann musst du ihm sagen, dass du zu deiner Mutter möchtest. – Gib aber acht ...

LUCY
Ja, Papa ...

... und sie rennt aus dem Haus ...

LANDSCHAFT

Lucy geht aus der Talmulde den Weg hinauf ... und dann in den Wald ...

Sie geht über gefrorenes Laub ... und an vereisten Bäumen entlang ...

Und dann sieht sie entfernt die Stadt ... und der Himmel ist fast schwarz.

STADT

Auch hier schneit es nicht mehr. Dorothy geht sehr nachdenklich des Wegs und zögert im Laufen, so als wüsste sie nicht recht, ob sie wirklich schon nach Hause möchte ... Dann befindet sie sich noch etwa zweihundert Meter von Johns Schuhmacherwerkstatt entfernt, wie sie diesen aus dem Haus kommen sieht. Er hat eine Reisetasche in der einen Hand. Nun kommt auch Mary unter die Tür.

Dorothy ist stehen geblieben … und wendet sich nun einem Schaufenster zu, betrachtet aber nicht wirklich die Auslagen, sondern beobachtet mit Seitenblicken John und Mary.

John gibt seiner Frau einen Kuss …

JOHN
Geh wieder hinein, du holst dir sonst noch den Tod.

Nun kommt der Gehilfe zur Tür gerannt … und Mary lässt ihn vorbei …

GEHILFE
So, ich bin bereit …

MARY
Wollt ihr nicht erst morgen fahren? … ich glaube, es wird noch ein Unwetter geben …

JOHN
Wir werden dann schon längstens in Thirsk sein … und zudem möchte ich das Geschäft hinter mich bringen … und morgen Abend wieder zurück sein … das Fuhrwerk ist teuer.

GEHILFE *(zu Mary)*
Wir brauchen das Material, sonst können wir nicht weiterarbeiten …

MARY
Nehmt aber nicht wieder die billigste Unterkunft …

JOHN
Wenn möglich, dann gehen wir in den „Pflug" …

Dorothy steht noch immer beim Schaufenster und beobachtet John, Mary und den Gehilfen ...

Die zwei Männer gehen fort ... und Mary schließt die Tür ...

Dorothy geht nun wieder in die Richtung, aus der sie gekommen ist. Sie kommt zum Inn ... und geht hinein ...

INN INNEN

Sie setzt sich an einen Tisch in einer Ecke ... und macht einen zunehmend verwirrten Eindruck. Sie sitzt jedoch kaum eine Minute an ihrem Platz, wie sie schon wieder aufsteht ... und die Gaststätte sehr schnell verlässt. Einige Gäste schauen ihr verwundert nach ...

STRASSE

Wenige Schritte vom Inn entfernt bleibt sie stehen ... und schaut für einen Augenblick zu John und Marys Haus ... und dann geht sie wieder weiter ... und kommt zum Gemischtwarenladen ... und geht hinein ...

GEMISCHTWARENLADEN INNEN

Der Ladenbesitzer begrüßt sie erfreut:

Hallo Dorothy, schön dich mal wieder zu sehen ... ich habe schon oft gedacht, die Farm würde dich nicht mehr loslassen.

DOROTHY
Ich wollte eine Freundin besuchen ... aber sie ist nicht zu Hause ...

LADENBESITZER
Schade für dich ... ausgerechnet jetzt, da du dich mal losreißen konntest ...

DOROTHY
Macht nichts ... ich muss noch einige Sachen besorgen ...

LADENBESITZER
Und womit kann ich dienen? –

DOROTHY *(überlegt kurz)*
Nadeln ... einige Nadeln bräuchte ich ...

LADENBESITZER
Nadeln? ...

DOROTHY
Ja ...

LADENBESITZER
Und welche Größe?

DOROTHY
Von jeder Größe eine ...

Der Ladenbesitzer wird nachdenklich ...

LADENBESITZER
Hm ... ich habe da eine Schachtel mit je einer Nadel ... ich
habe dieses Produkt noch nicht lange im Sortiment ... – Du
kannst aber auch ein anderes Fabrikat haben, ein etwas Teureres
... da kostet dann jede Nadel extra ...

DOROTHY
Ich nehme die Schachtel ...

LADENBESITZER
Gut. – Ich nehme an, ihr seid bald wieder am Weben und Sti-
cken. Ich sehe mir die Arbeiten dann gerne an ...

DOROTHY
Ich glaube nicht, dass ich diesen Winter dafür viel Zeit haben
werde ...

LADENBESITZER
Nein? ... Schade ...

DOROTHY
Ich werde noch auswärts arbeiten ...

LADENBESITZER
Ja ... ich glaube, William hat mir mal davon erzählt ...

DOROTHY
Wenn ich dann schon in der Stadt bin, hätte ich auch noch
Zeit für eine zusätzliche Beschäftigung. Suchst du noch eine
Aushilfe?

LADENBESITZER
Hm ... manchmal wäre ich froh, ich hätte eine. Aber die meiste
Zeit schaffe ich es durchaus alleine. Ich könnte keine sichere
Stellung bieten, darum lass ich es lieber sein ...

DOROTHY
Wenn du doch mal jemanden suchst, dann lass es mich wissen.
Einen schönen Tag noch ...

Dorothy dreht sich um und geht ...

LADENBESITZER
Ja, danke, auch einen schönen Tag ... halt, warte, die Nadeln!

Dorothy schaut kurz zurück ...

DOROTHY
Ich brauche sie doch nicht, danke ...

... und schon ist sie draußen ...

Der Ladenbesitzer schaut nun kurz die Schachtel mit den Nadeln an, die er noch in der einen Hand hält ... und dann nachdenklich in Richtung Straße ...

STRASSE

Es windet stark. Dorothy geht nun etwas zügiger. Entfernt hören wir jemanden rufen: „Verriegelt die Fenster" ... und einige Passanten rennen nun an Dorothy vorbei. Ein Pferdeschlitten kommt dann von hinten ... und überholt sie in schnellem Tempo.

Dorothy ruft dem Mann auf dem Schlitten zu:

Hallo ... warten Sie bitte ... kann ich mitfahren?!

Doch dieser hört sie nicht ... und fährt weiter ...

Der Wind weht nun noch heftiger ... und lässt erahnen, dass bald ein schlimmes Unwetter kommen wird. Als Dorothy beim Friedhof vorbeikommt, muss sie ihr Tuch schon fester um den Kopf und um den Hals schlingen ...

HAUS DER FAMILIE GRAY INNEN

William zieht seinen Mantel an ... und verlässt dann das Haus. Die Tür lässt sich schwer schließen und viel Schnee weht ins Haus ...

HAUS AUSSEN

William nimmt den Weg in Richtung Stadt. Mit jeder Sekunde stürmt es nun mehr ... die Landschaft ist kaum mehr zu sehen ...

William geht nun durch die Talsenke ... dann zum Wald ... und weiter auf einen Hügel, wie plötzlich Dorothy vor ihm steht ...

DOROTHY
Bist du es William? –

WILLIAM
Ja! ... wo ist Lucy?! –

DOROTHY
Lucy?! – Mein Gott! ...Du hast mir Lucy entgegengeschickt?! –

WILLIAM
Ja! ... ich wusste doch, dass du keine Laterne hast! –

DOROTHY
William! – Unser Kind! – Warum hast du das bloß getan! – Wir müssen sie suchen!

WILLIAM
Ich hab nicht geahnt, dass der Sturm so früh kommt! ... aber, sie ist bestimmt im Wald ... und wartet, bis alles vorüber ist!

Dorothy läuft zurück zum Wald ... ohne auf ihren Mann zu warten.

WILLIAM
Ich glaube, sie weiß schon, was sie tun muss! – Letztes Jahr war es doch genauso ...

Dorothy bleibt stehen und dreht sich um zu William ...

DOROTHY
Hast du vergessen, dass sie beinahe erfroren ist?! –

Dorothy versucht dann trotz des tiefen Schnees zu rennen ... William eilt seiner Frau hinterher ...

Sie erreichen den Wald ...

DOROTHY
  Lucy! –

WILLIAM
  Lucy! –

Beide horchen ... aber, da ist nur der Wind ...

Sie rufen abermals ... aber keine Antwort ...

DOROTHY
  Warum antwortet sie nicht? –

WILLIAM
  Sie wird zu erschöpft sein! – Nimm du die Laterne ... und bleib
  auf dem Weg ... ich seh dort hinten nach ...

DOROTHY
  Dort sind die Felsen! – Sie ist bestimmt hinuntergefallen!

WILLIAM
  Beruhige dich, Dorothy ... – Bleib jetzt hier, sonst verlieren wir
  uns ... – Ruf du von hier aus ... und bleib bitte auf dem Weg ...

*Jetzt suchen sie getrennt nach ihrem Kind ... aber, je länger sie su-
chen, um so endloser scheint sich der Wald auszudehnen ... und um so
kleiner wird die Hoffnung ...*

*Die Bäume beherrschen die Szenerie ... diese kahlen überdimensiona-
len Monster ... kalt, vereist und leblos ... – aber im Hintergrund sind*

immer irgendwo die Eltern mit dem verzweifelten Rufen nach dem Kind:

Lucy! – Lucy! –

RIEVAULX-ABBEY

Wie ein Riese steht die Klosterruine da und im Schneegestöber ist mal viel und dann wiederum nur ein kleiner Teil der Mauern sichtbar, das ganze ehemalige Kirchenschiff oder nur eine Säule. Und immer wieder hört man mal von der einen dann wieder aus einer anderen Richtung William und Dorothy nach ihrem Kind rufen.

Dann sitzen William und Dorothy in der einzigen noch geschützten Ecke auf einem Mauervorsprung. Dorothy weint und schreit dann auch immer wieder ... und William versucht sie verzweifelt etwas zu beruhigen. (Es ist dieselbe Ecke in der Ruine in der auch Lucy Schutz vor dem Regen gesucht hat). Es stürmt noch immer, etwas weniger heftig zwar wie in den vorangegangenen Szenen, aber immer noch so stark, dass auch die Eltern froh sind, wenigstens für einige Augenblicke etwas Schutz zu haben.

WILLIAM
Ich weiß nicht, ob es gut ist, noch weiter zu suchen. Wir sollten auch mal zu Hause nachsehen, vielleicht ist sie schon dort ... und macht sich jetzt Sorgen um uns ...

DOROTHY
Du weißt es ja wieder besser! ... wie immer! ...

FARM DER FAMILIE GRAY AUSSEN

William kommt aus dem Schuppen ... und geht ins Haus. Der Sturm hat nun fast gänzlich nachgelassen.

HAUS INNEN

Dorothy sitzt am Tisch und verbirgt in den Händen ihr Gesicht ... den Mantel hat sie noch immer an.

WILLIAM
Auch im Schuppen ist sie nicht ... – Ich mach jetzt Feuer ... es ist kalt ...

Dorothy nimmt nun die Hände vom Gesicht ... und es kommen verweinte Augen hervor ...

DOROTHY
Feuer?! – Willst du nicht mehr weiter suchen?! – Ich geh gleich wieder los ... wie kannst du jetzt nur ans Feuermachen denken!

Sie steht auf ... und geht aus dem Haus. William legt das Holz wieder beiseite ...

WILLIAM
Warte doch! – Ich komme mit!

... und auch er verlässt das Haus ... macht die Tür zu ... – Still wird es im Haus ... ein Gefühl des Unbehagens und der Ungewissheit liegt im Raum ...

LANDSCHAFT

Die Eltern suchen die ganze Nacht mit ihren Laternen. Es ist nun absolut windstill. Man sieht den Schein des Lichts mal hier und mal dort in der Landschaft ...

Angst und Sorge liegen in den Augen von William und Dorothy ...

Bei Tagesanbruch stehen sie dann auf einem Hügel, der eine Aussicht bietet auf das Moor ... und dann gehen sie heimwärts ...

... aber sie sind noch keine hundert Schritte weit, wie Dorothy im Schnee den Abdruck von Lucys Füßen entdeckt ...

DOROTHY
William! – Sieh doch! –

Die beiden können nicht glauben, was sie da sehen ...

WILLIAM
Gestern waren die noch nicht da ...

Sie verfolgen abwärts vom steilen Hügelgrat die kleinen Fußspuren ... und durch die zerrissene Weißdornhecke und an der langen Steinmauer entlang ...

Und dann überqueren sie ein offenes Feld ... und die Spuren sind immer noch die gleichen ... Dann kommen sie zum Bach ... und sie folgen der Spur bis zur Brücke ... aber weiter sind keine Abdrücke mehr zu finden ...

DOROTHY
Warum hören sie auf?! – William! –

William klettert nun in das Bachbett und sieht unter der Brücke nach ... doch auch hier nichts. Und im Schutz der Brücke überkommt William eine erste tiefe Verzweiflung ... und er weint, allein und von Dorothy unbemerkt.

HAUS INNEN

*William und Dorothy stehen in ihren Mänteln im Wohnraum und
streiten lautstark. Dorothy schreit:*

Du hättest sie mir nicht entgegen schicken dürfen ... ich hätte
niemals so etwas getan! Wie soll sich ein Kind bei einem solchen Wetter denn zurechtfinden?! Ich war ja schon auf dem
Nachhauseweg ... es war vollkommen unnötig, sie mir entge-
genzuschicken!

WILLIAM
Ich ...!

DOROTHY
Bin ich etwa ein Kind?! ... das man dauernd beaufsichtigen
muss?! Wie oft bin ich schon im schlimmsten Wetter unterwegs
gewesen! Du hast noch immer keine Ahnung, wie richtige
Stürme aussehen können! Wenn du schon mal am Meer gelebt
hättest, dann wüsstest du das! Ich war mit Vater schon oft bei
einem Unwetter draußen auf See, und wir wurden bis auf die
Haut durchnässt! Die Wellen waren so hoch wie fünf Häuser ...
und wir haben die Küste nicht mehr gesehen, so dicht war der
Regen!

WILLIAM
Jetzt reicht es! Ich habe mir Sorgen gemacht!

DOROTHY
Hast du vergessen, wie viel Gesindel sich hier manchmal her-
umtreibt?! So etwas wie diesen Sommer kann hier jeden Tag geschehen, ohne dass wir es als Erste erfahren! Sie wurde vielleicht
von irgendeinem Verbrecher getötet! Wie oft sind hier Leute
unterwegs, die wir noch nie zuvor gesehen haben! Das hast du
doch schon selber gesagt! ...

Sie bekommt einen Weinkrampf ...

WILLIAM
Dorothy! –

DOROTHY
Lass mich! Ich geh jetzt in die Stadt, vielleicht ist sie dort …
oder man hat sie gefunden …

WILLIAM
Bei der Schlucht waren wir auch noch nicht …

DOROTHY
Dann such du dort … aber ich geh jetzt in die Stadt! –

Sie verlässt das Haus und lässt die Tür offen …

LANDSCHAFT

*William steht am Rande der Schlucht und schaut hinab … und dann
tastet er sich zwischen den Felsen hindurch – immer Ausschau haltend nach Lucy …*

*Eine eisige, in sich geschlossene Welt tut sich auf … und es scheint, als
sei noch kein Mensch bis hierher vorgedrungen …*

*William tastet sich vorsichtig voran … und dann das Geräusch von
berstendem Holz und ein dumpfes Grollen. William sucht schnell
Schutz unter einem Felsvorsprung … wie auch schon kurz darauf Un-
mengen von Schnee und Geröll über ihn hinweg fegen und krachend
in der Schlucht liegen bleiben …*

*Es dauert einige Zeit, bis sich die Natur wieder vollkommen beruhigt
hat, aber noch bleibt William in seinem Unterschlupf …*

STADT

*Dorothy geht die Hauptstraße entlang … und am Gemischtwarenla-
den vorbei … und kommt zum Haus von John und Mary. Dorothy*

will die Ladentür öffnen ... doch sie ist zugesperrt. Dann geht sie zur Eingangstüre einige Meter daneben ... und klopft, doch niemand öffnet. Dorothy klopft abermals ... doch noch immer kommt niemand. Dorothy drückt die Türklinke hinunter ... und prüft, ob die Tür geschlossen ist. Sie ist nicht zugesperrt ... und Dorothy geht ins Haus ...

HAUS INNEN

Sie ruft nach Mary ... und geht durch den Korridor ... und ruft abermals nach Mary ... und kommt zur Küche, die aufgeräumt ist, und in der Mary auch nicht zu finden ist. Dorothy verlässt die Küche ... und kommt zur Treppe, die zu den oberen Stockwerken führt, wie Mary soeben herunterkommt, aber noch nicht weiß, wer ins Haus gekommen ist ...

MARY
Hallooo! – Ist hier jemand?! –

DOROTHY
Ich bin es!

MARY
Wer?!

DOROTHY
Ich bin es ... Dorothy! –

MARY
Dorothy?! –

DOROTHY
Ja ...

MARY
Was ist mit dir ... wie siehst du denn aus! ... hast du geweint?! –

Dorothy beginnt nun von Neuem mit Weinen ...

MARY
Hast du Sorgen? Habt ihr euch wieder gestritten? –

DOROTHY
Nein, viel schlimmer ... – Ist Lucy bei euch? –

MARY
Lucy? – Aber warum sollte sie ...?

DOROTHY
Wir können sie nicht finden ... William hat sie mir gestern
entgegen geschickt ... und dann kam der Sturm ...

MARY
Willst du damit sagen, dass sie verschwunden ist? –

Mary hustet ...

DOROTHY
Wir haben die ganze Nacht gesucht ... William sucht auch jetzt
noch ... – Ich hab so gehofft, sie wäre bei dir ...

MARY
Wir werden nachher sofort aufbrechen und weiter suchen, wir
dürfen nicht zu viel Zeit verlieren. Aber zu dritt oder zu viert
haben wir keine sehr große Hoffnung, sie schnell zu finden.
Wir brauchen noch mehr Leute ...

DOROTHY
Ich glaub nicht, dass sie noch lebt, sie war eine ganze Nacht im
Freien ...

MARY
So schnell dürfen wir nicht aufgeben. Ich werde nachher alle
Leute zusammenrufen, die wir kennen, und auch noch andere
fragen ...

*Oliver, der eine Bub von Mary, kommt nun im Schlafanzug die
Treppe herunter ...*

MARY
Oliver! Warum bleibst du nicht im Bett?

OLIVER
Ich möchte spielen ...

MARY
Das solltest du aber nicht, du bist doch krank und müsstest
schlafen ...

Sie nimmt ihn auf den Arm ...

MARY *(zu Dorothy)*
Ich werde noch schnell nach den Kindern schauen ... und du
musst dir etwas Trockenes anziehen, du bist ja ganz durchnässt.

Sie gehen die Treppe hinauf ...

MARY
Ein Tee würde uns gut tun ... oder eine Brühe, ja das wäre besser, die kräftigt uns ...

DOROTHY
Ihr seid ja alle krank ... und ich mach dir noch Arbeit ...

MARY
Es geht jetzt nur darum, dass Lucy wieder gefunden wird ...
– Wenn nur John wieder zurück wäre ... er und Alan mussten
nach Thirsk. Die beiden sind bis jetzt nicht krank geworden.
Vor einigen Tagen war es noch sehr schlimm. Ich war zu keiner
Arbeit mehr fähig ... und John hat alles gemacht ... er hatte den

ganzen Haushalt übernommen ... Ich hoffe sehr, dass John heute Abend wieder zurück ist ...

Im 1. Obergeschoss ...

Mary geht mit dem Bübchen auf dem Arm zum Schrank ... und nimmt für Dorothy Kleider hervor ...

MARY
Zieh das an ... – Ich bringe schnell Oliver zu Bett ... und werde dann sofort aufbrechen ...

DOROTHY
Ich komme mit!

MARY
Nein ... ruh dich zuerst etwas aus ... und zudem wäre ich sehr froh, wenn du bei den Kindern bleiben würdest ...

Dorothy beginnt sich umzuziehen ... und Mary geht mit Oliver in ein Nebenzimmer ...

Im Nebenzimmer.

Mary bringt Oliver zu Bett ... und im zweiten Bett schläft John jr. ...

MARY
Sei ganz leise ... ich möchte nicht, dass John aufwacht ...

Mary deckt Oliver zu ...

MARY
So hast du es schön warm, das tut dir besser, als im Haus rumzuspielen ...

OLIVER
  Ist Lucy mit der Tante Dorothy gekommen?

MARY
  Nein ... nein, Lucy ist nicht da ... – Jetzt musst du aber schlafen.

Wieder im anderen Zimmer.

*Dorothy ist halb umgezogen. Auf der Straße herrscht nun plötzlich
lautes Kindergeschrei ... und Dorothy geht ans Fenster ...*

*Dorothy beobachtet, wie sich auf der Straße zwei Buben prügeln und
drei andere feuern diese mit lautem Gebrüll an ...*

*Dann sieht Dorothy ein kleines Mädchen, das in einer windgeschütz-
ten Ecke sitzt und mit einer Puppe spielt. Dorothy glaubt, Lucy zu
sehen, und auch wir sind im ersten Moment überzeugt, dass es Lucy
sein könnte ... die Ähnlichkeit weckt Hoffnung ...*

DOROTHY
  Lucy! –

Dorothy reißt das Fenster auf ... und ruft dem Kind ...

DOROTHY
  Lucy! –

... aber das Mädchen reagiert nicht ...

Mary kommt aus dem Nebenzimmer ...

MARY
  Dorothy! – Was ist denn?! –

Dorothy gibt Mary keine Antwort, sondern ruft immer wieder nach dem Kind ... Mary eilt zu Dorothy ...

DOROTHY *(zu Mary)*
  Lucy! Es ist Lucy! –

Dorothy will aus dem Zimmer rennen ... aber Mary hält sie zurück ... und Dorothy bekommt wieder einen Weinkrampf ...

MARY
  Beruhige dich ... beruhige dich doch ... es ist nicht Lucy. Glaub mir, es ist nicht Lucy ...

DOROTHY
  Aber ... ich ... hab sie ... erkannt ...

MARY
  Du irrst dich ... komm ... schau dir das Mädchen genau an ...

Sie gehen zusammen wieder ans Fenster ... und schauen auf die Straße. Die Buben haben in der Zwischenzeit aufgehört zu kämpfen und sehen jetzt zum Fenster hinauf ... und auch das kleine Mädchen schaut hinauf, und wir sehen seine Augen, und wir haben die Gewissheit: Es ist nicht Lucy.

Dorothy weint noch mehr ... und Mary stützt sie ... und führt sie zum Stuhl rechts neben dem Fenster. Dorothy setzt sich ... und trocknet mit dem Kleid die Tränen ...

MARY
  Es ist Bells Tochter ... und es stimmt, sie hat sehr viel Ähnlichkeit mit Lucy ... es ist mir auch schon aufgefallen, als ich sie zum ersten Mal gesehen habe ...

DOROTHY
Bells Tochter? –

MARY
Die Bells leben erst seit einigen Wochen hier.

DOROTHY
Ich habe noch nie von ihnen gehört ... ich kenne immer weniger Leute in Helmsley ...

MARY
Mir geht es genauso ... es dauert immer seine Zeit, bis ich wieder auf dem Laufenden bin ...

DOROTHY
Wenn ich nur wüsste, wo sie jetzt ist ...

STRASSE

Mary klopft an eine Haustür ...

Die Tür wird dann geöffnet ... und eine junge Frau mit einem Kleinkind auf dem Arm steht unter der Tür ...

MARY
Hallo Sarah ...

SARAH
Hallo Mary ... komm rein ...

MARY
Nein, ich habe keine Zeit ... Sarah, wir brauchen deine Hilfe. Lucy ist verschwunden ... sie wird seit dem Schneesturm vermisst und wir müssen sie nun dringend suchen. Hilfst du uns?

SARAH
Lucy? ... du meinst Dorothys Lucy?

MARY

Ja ...

SARAH

Das ist ja schrecklich. Ich muss nur schnell die Kleine zu meiner Mutter bringen ...

MARY

Kann auch Tom mitkommen?

SARAH

Er arbeitet jetzt in der Fabrik ... und dort kann er nicht weg.
Du wirst zurzeit wenige Männer finden ... aber geh zuerst in
den „Swan", dort kannst du vielleicht einige auftreiben.

MARY

Ja, da werde ich hingehn ...

SARAH

Wann und wo treffen wir uns?

MARY

Hm ... in einer Stunde bei der Kirche ...

ALE HOUSE INNEN

*Mary kommt herein ... und blickt auf die wenigen Männer, die hier
mehr oder weniger betrunken den Tag totschlagen. Mary hustet nun
wieder stark ... und kann beinahe nicht mehr aufhören, was ihr nun
einige Aufmerksamkeit der Gäste verschafft. Einer der Männer sieht
sie von seinem Tisch aus forschend an ...*

MANN

Was für eine Krankheit bringst du uns denn?! Der Tod steht dir
ins Gesicht geschrieben! Wirf sie raus, Bruce, ich möchte noch
nicht sterben ... mir gefällt es hier beim Saufen ...

Der Wirt kommt nun zu Mary ...

WIRT
 Hör nicht auf ihn, Mary ... ich werde ihm bald ein Hausverbot
 geben ... er belästigt immer mehr andere Gäste. – Brauchst du
 irgendwas?

MARY
 Ja ... ich brauche Leute, sehr viele Leute, denn gestern ...

*Mary schildert dem Wirt ihr Anliegen ... und dieser macht dann
mit einem Kopfschütteln eine abweisende Geste zu den betrunkenen
Gästen. Alles Taugenichtse. Der Wirt scheint aber eine Idee zu haben
... und geht in den Keller ... und holt einen Burschen von der Arbeit
weg. Er war damit beschäftigt, Flaschen zu stapeln. Der Wirt erklärt
dem Burschen die Situation ... und dieser bindet seine Schürze los,
legt sie zur Seite, rennt die Treppe hinauf, an Mary vorbei ...*

STADT

*Er rennt die Straße entlang ... und biegt dann nach rechts ab. Der
Bursche ist dann beim Wagner ... und dann beim Schmied ... und in
der Bäckerei ... und überall hören ihm die Leute aufmerksam zu und
verstehen die Dringlichkeit seines Anliegens ...*

*Der junge Mann rennt dann weiter durch den Ort, um noch mehr
Leute zu suchen ...*

BEI DER KIRCHE

*Auf dem Kirchhof mit den Grabsteinen ist irgendwo ein merkwürdi-
ges Keuchen und Stöhnen zu hören.*

*Doch man muss nicht lange suchen: Seitlich einer Grabreihe liegt ein
umgestürzter Grabstein, den eine Gestalt unter Keuchen und Stöhnen
aufzurichten versucht. Und nun erkennen wir an der Kleidung, dass*

es der Reverend sein muss. Er versucht unermüdlich, den Grabstein aufzurichten. Plötzlich aber hält er inne ... und schaut verwundert auf: Vor der Kirche versammeln sich an die zwanzig Personen ...

Der Schmied entdeckt dann zwischen den Grabsteinen den Reverend, der sich nun zu verstecken versucht. Der Schmied geht zu den Gräbern ... und der Reverend glaubt noch immer, dass er nicht gesehen wurde: Er schleicht hinter einen anderen Grabstein ... und duckt sich noch etwas mehr ...

SCHMIED
   Guten Tag, Reverend ...

Der Reverend gibt keine Antwort, sondern macht sich noch kleiner ...

SCHMIED
   Hallooo, Reverend ... kann ich helfen? ... ich habe gesehen, dass Sie den Grabstein wieder aufrichten wollen ...

REVEREND
   Ja ... äh ... ja ... ich habe es zumindest versucht.

Der Schmied betrachtet die Erde und den Stein etwas näher ... und der Reverend kommt in der Zwischenzeit aus seinem Versteck hervor.

SCHMIED
   Er war zu wenig tief in der Erde ...

REVEREND
   Ja, das wird der Grund sein ...

SCHMIED
   Ich glaube nicht, dass es Sinn macht, ihn jetzt aufstellen zu wollen. Die Erde ist zu hart ... total gefroren. Wir müssten etwas

tiefer graben ... aber das wäre jetzt eine sehr schwere Arbeit. Ich würde ihn bis zum Frühjahr liegen lassen.

REVEREND
Wenn Sie meinen, Mr Reeves ...

Weitere Menschen kommen nun zu der Gruppe vor der Kirche ...

REVEREND
Was geht hier vor? ... Geht es etwa um mich? ...Habt ihr irgendetwas vorzubringen? ... Ich versuche wirklich, mein Bestes zu geben, aber ich kann nicht überall sein.

SCHMIED
Reverend! ...

REVEREND
Ich bräuchte dringend Hilfe, sonst sehe ich keinen Ausweg mehr ...

SCHMIED
Reverend! Es geht nicht um Sie! ...

REVEREND
Nicht um mich? –

SCHMIED
Nein! –

Der Reverend atmet auf ...

REVEREND
Da bin ich aber froh ... – Ihr seid noch zufrieden mit mir?

SCHMIED
Ja ...

REVEREND
Auch mit der Predigt? –

SCHMIED
Jaaa! Reverend! –

Der Reverend beruhigt sich nun ... und bekommt ein heiliges Strahlen übers Gesicht.

Der Schmied sieht ihn eine Weile an ...

SCHMIED
Möchten Sie nicht trotzdem wissen, warum all diese Leute hier sind? –

Der Reverend kommt wieder auf die Erde zurück ... und sein Gesicht wird von einer Sekunde auf die andere wieder sehr ernst ...

REVEREND
Ach du mein Gott ... dann habt ihr doch was auf dem Herzen ... – Ich kann nicht allen gerecht werden ... aber ich will mir anhören, worum es geht. Aber, das werden ja immer mehr ... versammelt sich etwa die ganze Stadt hier? ...Wie wichtig muss dies sein, dass alle ihre Arbeit liegen lassen! ... Es ist eben doch so, selbst die Ungläubigen finden in der Not wieder zu Gott ...

Der Schmied wendet sich nun vom Reverend ab ... und geht wieder zu der Gruppe zurück ...

REVEREND
... Mr Reeves, wollten Sie mir nicht noch etwas sagen?!

Niemand von der Gruppe schenkt dem Reverend Beachtung. Auch der Schmied würdigt ihn keines Blickes mehr. Alle in der Gruppe unterhalten sich über Lucy, und wie am Besten für eine Suche vorzugehen sei ... während der Reverend nun in die Kirche schleicht ...

MARYS WOHNUNG

Mary kommt soeben etwas außer Atem die Treppe herauf in den ersten Stock ... und ins Wohnzimmer, wo sie nach Dorothy ruft, die aber nicht mehr da ist. Mary geht ins Nebenzimmer, in dem die Kinder sind.

Oliver sitzt im Bett und spielt ...

MARY
  Oliver! – Wo ist die Tante Dorothy? –

OLIVER
  Ich weiß nicht. – Mama, John hat vorhin geweint. –

MARY
  Geweint hat er? –

OLIVER
  Ja. –

Mary geht zum anderen Bett ... doch John schläft tief ... Sie setzt sich wieder zu Oliver ...

MARY
  Er schläft ... vielleicht hat er geträumt. – Sag, ist die Tante Dorothy schon lange fort? –

OLIVER
  Ich weiß nicht.

MARY
Hat sie denn gar nicht gesagt, wo sie hin wollte? –

OLIVER
Nein. –

MARY
Schon gut. – Sei schön artig, ich geh sie nur schnell suchen ...

Sie verlässt die Wohnung wieder ... und eilt die Treppe hinab ...

HAUS DER O'NEILLS INNEN

In der Küche stellt die Köchin den Teekrug auf ein Tablett, das ein Diener in den Händen hält ...

DIENER
Ist der Tee auch nicht zu stark? –

KÖCHIN
Nein, so wie immer ...

DIENER
Na ... wir werden ja sehen ...

Der Diener dreht sich um ... und geht aus der Küche ... und die Treppe hinauf ... und durch den Korridor ... und dann die Treppe hoch in den ersten Stock ... und dort den Korridor entlang ... und klopft an dessen Ende an eine Tür. Eine Männerstimme (Mr O'Neill) gibt Antwort:

Ja?! –

DIENER
Der Tee, Sir! –

MR O'NEILL
Kommen Sie rein! –

Der Diener öffnet die Tür ... und geht hinein ...

Im Zimmer.

*Auf einem Sofa sitzt ein alter Mann (es ist Mr O'Neill) ... und er hat
ein offenes Buch in den Händen. Und in einem Sessel daneben rekelt
sich Charlotte. Der Diener stellt das Tablett auf den Tisch ... und will
den Tee in die Tassen gießen, wie ihn Mr O'Neill davon abhält.*

MR O'NEILL
Danke, Robert, ich mach das schon ...

DIENER
Haben Sie sonst noch einen Wunsch, Sir?

MR O'NEILL
Nein danke, Robert ...

*Der Diener macht eine leichte Verbeugung ... und geht. Und kaum
hat dieser die Tür zugemacht, stürzt sich Charlotte auf Mr O'Neill ...
und beide küssen sich wild ... und plumpsen dann vom Sofa auf den
Boden ...*

CHARLOTTE
Sag ihm doch endlich, dass er den Tee nicht mehr zu bringen
braucht ...

MR O'NEILL
Er hat ihn aber schon immer zu dieser Zeit gebracht ... und
wenn ich es ihm verbiete, dann fällt es zu sehr auf ...

CHARLOTTE
Ich kann mich aber keine Minute von dir trennen.

MR O'NEILL
Bitte, Charlotte, sei doch artig ... diesen kurzen Moment müssen wir uns eben beherrschen können ... für Robert ist das Servieren des Tees sehr wichtig ... und abgesehen davon lass ich ihn
schon seit geraumer Zeit nicht mehr einschenken ... er schöpft
bestimmt schon Verdacht. Ich beleidige ihn eigentlich jeden
Tag ... aber ich tu es für dich, wir gewinnen dadurch viel Zeit ...

CHARLOTTE
Du tust es auch für dich! –

MR O'NEILL
Ja, natürlich ... auch für mich ...

*Von der Straße her sind jetzt viele Stimmen zu hören ... und Mr
O'Neill horcht auf ...*

MR O'NEILL
Hörst du das? Was sind das für Leute? Was ist da los?

*Er steht vom Boden auf ... und geht ans Fenster. Nahezu vierzig
Leute kommen auf das Haus zu.*

MR O'NEILL
Verdammt nochmal ... ein Aufstand ... die rebellieren gegen
mich ... die sind nicht mehr bei der Arbeit!

Charlotte steht auch vom Boden auf und eilt schnell ans Fenster ...

MR O'NEILL
Ich bin ruiniert! – Wenn nicht mehr gearbeitet wird, dann bin

ich ruiniert! Ich frag mich bloß, was die noch wollen. Mehr Lohn bekommen sie doch schon! –

Mr O'Neill rennt nun aus dem Zimmer ... und die Treppe hinunter ... in die Eingangshalle.

Hier ruft er auf den letzten Treppenstufen nach dem Diener ...

MR O'NEILL
Robert! Robert! –

Der Diener kommt aufgeregt aus einem Nebenraum.

DIENER
Ja, Mr O'Neill?! –

MR O'NEILL
Haben Sie all die Menschen gesehen?! –

DIENER
Nein, Sir ...

MR O'NEILL
Dann sehen Sie aus dem Fenster!

Der Diener eilt ans Fenster ...

DIENER
Um Himmels willen ... Sir ...

MR O'NEILL
Schnell ... verriegeln Sie die Tür ... und lassen Sie niemanden rein!

DIENER
Ja ... Sir ...

*Mr O'Neill eilt nun ans Fenster ... und sieht mit Schweißperlen auf
der Stirn die Gruppe herannahen. Doch zu Mr O'Neills Überraschung kommen die vielen Menschen nicht zur Tür, sondern gehen
am Haus vorbei. Mr O'Neill ist verwirrt ...*

MR O'NEILL
Was soll denn das jetzt? Die gehen ja vorbei! Was haben die
vor?! – Robert! Was haben die vor?! –

*Der Diener steht hinter Mr O'Neill und schaut ebenfalls auf die
Straße ...*

DIENER
Ich weiß es nicht, Sir ...

MR O'NEILL
Die gehen zur Fabrik ... und wollen wahrscheinlich alles zerstö-
ren ...

DIENER
Sir ...

MR O'NEILL
Dieses undankbare Gesindel!

DIENER
Sir ... Ihre Fabrik liegt doch auf der anderen Seite ...

MR O'NEILL
Auf der anderen Seite? –

DIENER
Ja, die Leute gehen doch in die falsche Richtung. Ich glaube,
dieser Aufstand betrifft nicht Sie …

MR O'NEILL
Nicht mich? –

DIENER
Nein, Sir …

MR O'NEILL
Tja … es sieht tatsächlich so aus, aber … wem gilt er dann? –

DIENER
Ich habe keine Ahnung, Sir …

MR O'NEILL
Behalten Sie die Sache im Auge, Robert …

DIENER
Ja … mach ich, Sir …

*Mr O'Neill trocknet mit einem Taschentuch den Schweiß auf der
Stirn … und geht wieder die Treppe hinauf …*

*Im Zimmer im 1. Stock schaut Charlotte ebenfalls durchs Fenster auf
die Straße …*

*Mr O'Neill kommt nun herein … und setzt sich vollkommen er-
schöpft aufs Sofa … und wischt sich noch die letzten Schweißperlen
von der Stirn. Charlotte kommt zu ihm … und setzt sich …*

CHARLOTTE
Was ist da los? Was wollen all die Leute? Und warum bist du so
erschöpft? –

MR O'NEILL
Ich dachte, es wäre ein Aufstand …

CHARLOTTE

Ein Aufstand? Aber weshalb denn? Haben die Leute Grund
dazu? –

MR O'NEILL

Ich wüsste nicht warum ... aber schließlich sind sie alle ein un-
dankbares Gesindel. Mit einer Revolte würden sie bei mir nicht
durchkommen, ich würde eine solche Angelegenheit genau
gleich handhaben wie kürzlich John Hale in Leeds. Die Leute
waren in seinem Betrieb mit den Arbeitsbedingungen nicht
mehr zufrieden. Hale hat dann etwa zwanzig Leute entlassen
und durch andere, arbeitswillige ersetzt. Es ging dann keine drei
Tage und alle anderen haben auch wieder gearbeitet. Es gibt
immer genug Leute, mit denen man die Faulen und Unzufrie-
denen ersetzen kann ...

CHARLOTTE

Hast du schon mal daran gedacht, mich zu ersetzen?

MR O'NEILL

Aber nein, Liebes, du bist doch etwas ganz Besonderes ...

*Charlotte krault ihn hinter dem rechten Ohr ... und wirft sich dann
auf ihn ... und sie küssen sich wieder innig ... und drehen sich ... und
plumpsen erneut auf den Boden ...*

STRASSE

*Der Suchtrupp geht durch die Hauptstraße ... und dann eilt Mary
der Gruppe entgegen. Mary wendet sich an den Innbesitzer ...*

MARY

Ist Dorothy dabei? Ich sehe sie nirgends ...

*... und schaut währenddem alle an. Auch der Innbesitzer wirft nun
einen Blick über die Gruppe ...*

Während des ganzen Dialogs geht die Gruppe weiter ...

INNBESITZER
Nein ... ich glaube, sie ist nicht da. Wir haben sie auch vorhin bei der Besammlung nicht gesehen.

MARY
Sie hätte bei meinen Kindern warten sollen, aber sie ist nicht mehr dort und ich habe keine Ahnung, wo sie jetzt sein könnte.

INNBESITZER
Du musst bedenken, sie ist sehr verzweifelt. Vielleicht hat ihr alles zu lange gedauert ... und sucht jetzt schon auf eigene Faust wieder nach Lucy ...

MARY
Dann muss jemand bei John und Oliver bleiben. Ich werde Elisabeth fragen ...

Mary bleibt stehen und wartet auf Elisabeth, die etwas weiter hinten in der Gruppe ist ... und beide laufen dann weiter ...

MARY
Hallo Liz ...

ELISABETH
Hallo Mary ...

MARY
Liz, kannst du bitte bei meinen Kindern bleiben ... sie sind krank. Und für dich wäre es auch besser, wenn du diese Anstrengung nicht auf dich nehmen würdest. Wenn du unglücklich stürzt, kannst du das Kind verlieren ...

ELISABETH
Wenn du meinst ... dann wünsche ich euch viel Glück. Ich hoffe sehr, dass ihr Lucy findet ...

MARY
  Danke Liz ...

Elisabeth sondert sich von der Gruppe ab ...

Die Gruppe geht weiter und aus der Stadt hinaus ...

LANDSCHAFT

*Die Leute teilen sich nun in kleine Gruppen auf ... Der Innbesitzer
ist auch hier der Anführer.*

Ein Mann einer Vierergruppe sagt zum Innbesitzer:

  Was meinst du zum Wetter ... sieht nicht gut aus, oder?

INNBESITZER
  Nein, es sieht nicht gut aus. Es wird bald wieder schneien. Viel
  Zeit, um die Kleine zu finden, werden wir nicht mehr haben.
  Und zudem fürchte ich, dass wir auch noch einen Sturm erle-
  ben werden, der um vieles schlimmer sein wird als der gestrige.

STADT

*Die Straßen sind menschenleer. Wind kommt auf ... und die Schilder
werden hin und her geschaukelt. Und der Himmel ist fast schwarz ...*

*Ein mörderischer Sturm fegt nun durch die Stadt. Und trotz der
Schneeverwehungen ist nun zunächst schwach ... aber dann immer
deutlicher ein Pferdewagen zu sehen ... und zwei Männer, die auf
diesem sitzen. Der Wagen kommt nun immer näher ... und wir erkennen John, Marys Mann, und den Gehilfen. Sie fahren langsam an
den verschiedenen Werkstätten und dem Gemischtwarenladen vorbei,
die alle zugesperrt sind ... und erreichen das Inn ... und auch dieses
ist zugesperrt und kein Licht ist durch die Fenster zu sehen ...*

John hält an und schreit zum Gehilfen:

Merkwürdig! Auch hier geschlossen! Sonst ist doch bei solchem Wetter Hochbetrieb! –

Sie fahren weiter ... und plötzlich hören wir das Weinen eines Kindes ... und sehen kurz darauf vor uns ein umherirrendes Mädchen ...

GEHILFE
Wer ist denn das? –

JOHN
Sieht aus wie ein Kind! –

Und nun hören wir entfernt eine verzweifelte Frauenstimme, die nach ihrem Kind ruft:

Audrey! Audrey!

John hält den Wagen an ... und steigt ab ... und geht zum Kind ... und nimmt es an der Hand. Die Kleine weint ...

JOHN
Audrey ... was machst du denn alleine hier draußen?! –

Das Mädchen gibt keine Antwort, sondern weint immerzu. Und nun hören wir wieder die Mutter, die nach ihrer Tochter ruft ... und John schaut in die Richtung, aus der er die Stimme hört ... und geht mit dem Kind dorthin und schon bald sehen wir die schwachen Umrisse der Mutter im Sturm.

John kommt zu ihr ... und fasst sie am Arm. Sie ist verwirrt und hält sich zum Schutz vor dem Wind die Hände vors Gesicht.

JOHN
Karen! – Ich bin es, John! Audrey ist hier, hier bei mir! –

KAREN
Oh mein Gott! Audrey! Warum läufst du mir immer davon! – Danke, John! Es ist schlimm mit ihr, sie gehorcht mir überhaupt nicht mehr!

JOHN
Sag, hast du eine Ahnung, was hier los ist?! Alle haben geschlossen ... und ihr beide seid die Ersten, die zu sehen sind!

KAREN
Fast alle suchen Lucy! Sie wird seit gestern vermisst ... und ich hab schon befürchtet, meiner Audrey würde dasselbe geschehen!

JOHN
Was sagst du?! Und die sind jetzt alle draußen?! Man sieht ja kaum die eigene Hand vor den Augen!

KAREN
Ich glaube nicht, dass man sie lebend finden wird! Stell dir vor ... die arme Lucy bei der Kälte irgendwo alleine ... und schon schwach vor Hunger ... und vielleicht noch verletzt ...

John schaut von Karen weg in das Unwetter ... und beinahe ist nichts mehr von der Straße und den Häusern zu erkennen ...

LANDSCHAFT

Eine junge Frau rennt gegen den Sturm, die Arme dicht am Körper und das Kopftuch haltend ...

Ein großer Ast fliegt nun im Wind ... und treibt auf die Frau zu ... und trifft sie. Sie stürzt ... verletzt sich im Gesicht ... beachtet es aber nicht ... rafft sich wieder auf ... und rennt weiter. Es ist Dorothy.

HAUS DER FAMILIE GRAY INNEN

Die Haustür wird mit einem heftigen Ruck aufgestoßen ... und Dorothy kommt erschöpft herein ... und schließt die Tür dann gegen den Wind ... und wendet sich mit einem leisen Stöhnen zum Tisch, stützt sich auf ... ringt für einige Augenblicke nach Luft ... und zündet dann eine Kerze an.

Dann ruft Dorothy nach ihrem Mann:

William?! –

Die Kerze verbreitet ihr spärliches Licht ... und jetzt sieht Dorothy, wie William auf einem Stuhl bei Lucys Bett sitzt ...

... für einen Moment ist Dorothy wie gelähmt ...

DOROTHY
Du hast sie gefunden! – Hast du sie gefunden?!

William sagt zunächst nichts ... er scheint die Frage nicht gehört zu haben ... aber dann ...

WILLIAM
Es ist meine Schuld ... und ich weiß, du denkst genauso.

Dorothy beginnt zu weinen ... und rennt ins Obergeschoss ... und schließt sich in der kleinen Kammer ein ...

William zieht dann seinen Mantel an ... und verlässt das Haus ...

LANDSCHAFT ABENDDÄMMERUNG

Der Sturm ist vorbei und es herrscht absolute Windstille ... zwei Burschen des Suchtrupps erreichen soeben die Anhöhe eines Hügels ... schauen über die Landschaft ... und beginnen dann die Kerzen in ihren Laternen anzuzünden.

Der eine blickt nun plötzlich mit einem Schrecklaut in die Landschaft ... und der zweite Bursche schaut in dieselbe Richtung ... und sagt mit zitternder Stimme:

Sei still! – Man darf sie nicht stören ... auf keinen Fall stören ...

Und nun sehen auch wir in der Talmulde wieder „Happy Peoples", jene transparenten Geistwesen, über die Ebene schweben ...

HAUS DER FAMILIE GRAY INNEN

Es ist Nacht ... und draußen herrscht immer noch absolute Windstille. Dorothy hebt die Puppe und die Pferdchen vom Boden auf ... und legt die Spielsachen auf die kleine Kommode neben Lucys Bett ...

Jemand klopft dann an die Haustür ... und Dorothy geht öffnen: Es sind John und Mary. Die beiden kommen herein ...

MARY
Dorothy! ... wir haben uns Sorgen gemacht ... wir dachten, dir sei was passiert ...

DOROTHY
Ich hab euch nicht vergessen ... *(sie beginnt zu weinen)* Habt ihr sie gefunden? – Ist sie tot? –

Mary nimmt Dorothy bei der Hand ... und die beiden Frauen setzen sich auf die Holzbank beim Tisch ... und Mary umarmt ihre Freundin ...

JOHN
 Wo ist William? –

DOROTHY
 Ich weiß es nicht ... er denkt, ich mach ihm Vorwürfe ... er ist weggegangen ...

MARY
 Er will bestimmt nur etwas alleine sein ... er wird sicher bald zurückkommen.

JOHN
 Kann ich euch alleine lassen? –

Mary nickt ... und John verlässt das Haus ...

DOROTHY
 Wo geht er hin? –

MARY
 Vielleicht weiß er, wo William ist ... – Dorothy, ihr habt doch immer über alles reden können ... ihr werdet auch jetzt wieder einen Weg finden ...

DOROTHY
 Sie fehlt mir ... Lucy fehlt mir ...

Dorothy reibt sich den Hals ... und da beachtet Mary die Kratzer ...

MARY
 Lass mal sehen ... wie ist denn das passiert? –

DOROTHY
Da war ein Ast im Sturm ... und dann bin ich gestürzt ...

Mary sieht sich die Wunden an ...

DOROTHY
Mary ... was ist, wenn sie woanders lebt ... bei irgendwelchen
Leuten? –

MARY
Wir ... wir haben überall gefragt ... aber niemand hat etwas
Verdächtiges gesehen ... ich weiß nicht ... ich weiß nicht, wo
wir noch suchen sollten.

Nun beginnt auch Mary zu weinen ... und umarmt Dorothy ...

STADT NACHT

*Nur wenige Menschen sind unterwegs. Ein Schlitten kommt aus dem
Hintergrund und fährt vorbei ... John kommt aus einem Ale House
... schaut die Straße rauf und runter ... und geht dann auf die gegen-
überliegende Seite. Er geht zum Inn und hinein. Er schaut sich kurz
um, fragt den Wirt, ob er William gesehen habe ... und nachdem
dieser verneint, verlässt John wieder die Gaststätte. Er geht weiter, in
ein anderes Ale House. Drinnen beim Eingang bleibt John wiederum
kurz stehen, verschafft sich einen Überblick über den ganzen Raum
... und geht dann in das Gewühl von Menschen.*

*John hofft, in irgendeiner Ecke William zu entdecken ... jedoch ohne
Erfolg ...*

STRASSE

*John kommt aus dem Ale House ... bleibt dann kurz stehen ... und
schaut an den Himmel. Es hat begonnen zu schneien.*

Er krempelt den Kragen hoch ... und geht dann schnell die Straße hinunter ...

KIRCHE INNEN

Der Raum ist nur spärlich von Kerzenlicht erhellt. Und nur schwach im Schein erkennbar sitzt eine Gestalt in einer hinteren Reihe ... doch das Licht reicht aus, um erkennen zu können, dass es William ist: Er sitzt still da, mit gesenktem Kopf ...

JOHN UND MARYS WOHNUNG

John kommt herein ... und im Wohnzimmer schläft auf dem Sofa Elisabeth. John geht sogleich zu den Kindern ... und findet beide, ebenfalls schlafend, in ihren Betten vor ...

Elisabeth erwacht ... setzt sich auf, wie John zu ihr kommt. Sie erschrickt.

ELISABETH
Mein Gott John, du hast mich erschreckt.

JOHN
Pst ... die beiden schlafen ...

ELISABETH *(leise)*
Ist alles wieder gut? –

John verneint ... und setzt sich in einen Sessel gegenüber dem Sofa ...

ELISABETH
Wo ist Mary? –

JOHN
Sie bleibt heute Nacht bei Dorothy ... – William war nicht zu

Hause ... ich dachte dann, ich wüsste, wo er sein könnte ... aber ich hab ihn nicht gefunden ...

ELISABETH
Ich versteh nicht, dass Dorothy ihn nicht sucht ... – Ich könnte nicht zu Hause sitzen und warten ... ich würde so lange nicht aufgeben zu suchen, bis ich meinen Mann gefunden hätte ...

JOHN
Die beiden sind sehr erschöpft ... aber ich kenne William. Er ist bestimmt schon wieder auf dem Heimweg. – Er und ich sind uns sehr ähnlich ... wenn wir glauben, dass es nicht mehr weiter geht, dann müssen wir einige Zeit alleine sein. Wir laufen dann nicht wirklich weg ... wir brauchen einfach ein wenig Zeit für unsere Gedanken ... – So finden wir immer wieder einen Weg.

ELISABETH
Seltsam ... das Gleiche hat mir auch schon Alan gesagt. Ich hab dann immer geglaubt, eine andere Frau sei der Grund. Er wolle einfach manchmal alleine sein, hat er gesagt ... aber, ich zweifle trotzdem ... wenn er das sagt, bin ich mir nicht sicher, ob er mich wirklich lieb hat ...

JOHN
Er hat dich lieb, glaube mir ... er hat dich sogar sehr lieb ...

ELISABETH
Du arbeitest mit ihm ... du weißt vielleicht sogar mehr über ihn wie ich ...

JOHN
Ich kenne ihn schon sehr lange ... und deshalb kann ich dir sagen, du musst dir keine Sorgen machen ...

ELISABETH *(nachdenklich)*
Mein Gott ... wenn so etwas mit meinem Kind geschehen würde ...

Elisabeth betastet mit ihrer rechten Hand ihren Bauch ...

LANDSCHAFT NACHT

Einsames Land mit Schneeverwehungen ...

... und dann hören wir in der Stille Lucys Lied ... und hin und wieder glauben wir auch das Kind sehen zu können ...

HAUS DER FAMILIE GRAY AUSSEN

Schwaches Kerzenlicht dringt durch die Fenster hinaus in die Nacht ... und vereinzelt fallen Schneeflocken zur Erde ...

HAUS DER FAMILIE GRAY INNEN

Dorothy schläft in ihrem Bett ... und im Sessel beim Kamin sitzt Mary und starrt gedankenverloren ins Feuer ...

STADT NACHT

William geht durch eine Straße (es sind jetzt außer ihm keine Menschen mehr unterwegs) ... und bleibt dann bei einem Fenster im Erdgeschoss eines Hauses stehen ... Das Weinen eines Kleinkindes dringt in die Stille ... William beobachtet eine junge Frau, die ihren Säugling aus dem Bett nimmt ... und ihn zu beruhigen versucht ... Doch dann beachtet die Frau den Fremden vor ihrem Fenster ... und rennt erschrocken mit dem Kind in den Armen aus dem Zimmer ...

William wendet sich verwirrt ab ... und geht schnell weiter ... wie auch schon der Mann der jungen Frau aus dem Haus kommt ...

MANN
Waren Sie es, der vorhin meine Frau zu Tode erschreckt hat?! –

William bleibt stehen und dreht sich um ... und die junge Frau, die bei der Tür steht, sagt zu ihrem Mann:

Ja, er war es! – Ich erkenne ihn … er war es!

WILLIAM *(zur Frau)*
Es tut mir leid … ich wollte Sie nicht erschrecken …

Der Mann kommt zu William …

WILLIAM
Es tut mir wirklich leid … aber ihre Frau und das Kind haben
mich an Lucy erinnert. Lucy war meine Tochter …

*… doch weiter kann William nicht reden, da er durch einen kräftigen
Kinnhaken des Mannes zu Boden geht …*

MANN
Das soll dir eine Lehre sein … friedliche Leute zu belästigen und
zu ängstigen! –

*Der Mann wendet sich ab … und geht zurück zu seiner Frau. Wil-
liam bleibt regungslos liegen. Die junge Frau kommt ihrem Mann
einige Meter entgegen gerannt …*

FRAU
Warum hast du das getan?! – Er hat sich doch entschuldigt!

Er drängt seine Frau zurück zum Haus …

FRAU
Wir können ihn nicht dort liegen lassen! – Er erfriert! –

MANN

Komm ins Haus! –

FRAU

Wir haben ihm bestimmt Unrecht getan ... vielleicht hätte er
Hilfe gebraucht ... vielleicht hat er kein Heim ...

MANN

Hör jetzt auf!

FRAU

Das dürfen wir nicht! – Er wird die Nacht nicht überleben ...

MANN

Und ich sage, wir lassen ihn da liegen! – Typen wie der haben
kein Mitleid verdient!

*Die junge Frau versucht sich zu wehren, hat jedoch gegen ihren
Mann keine Chance ... selbst als die Haustür wieder geschlossen ist,
hören wir noch das Schreien und Flehen der jungen Frau ... und die
brutale Stimme ihres Mannes, erbarmungslos und demütigend.*

*Langsam kommt William wieder zu sich ... rafft sich auf ... und geht
benommen weiter ... zur Wegkreuzung ... und über die Brücke ...
Und hier – außerhalb der Stadt – gibt es kein Licht.*

*Er geht mit zögerndem Schritt ... und so geht er eine ganze Weile ...
aber dann: Das kann er nicht sein, der Weg – jener Baum hier und
der Hügel dort, die waren noch nie da ...*

*William schaut sich um, überlegt, und geht dann vorsichtig zurück ...
er sucht den Weg und die Stelle, bei der er abgewichen ist ... aber er
findet sie nicht und traut sich einen Augenblick lang weder vor noch
zurück ...*

*Er fasst dann aber neuen Mut und geht weiter ... er hat den Weg
wiedergefunden ... doch plötzlich kommt William in tiefen Schnee ...
und sinkt bis zu den Hüften ein. Nur mühsam kann er sich befreien*

... will weiter ... sinkt aber wieder ein. Verzweifelt versucht er, erneut freizukommen, bleibt aber dann entkräftet liegen ...

... dann sieht er das Licht einer Laterne, dort, in der Ebene. Er richtet sich auf ... und ruft mit ganzer Kraft:

Hallooo! – Helfen Sie mir! –

Aber, da kommt keine Antwort ... ja das Licht entfernt sich zusehends.

WILLIAM
Hierher! – Bitte! – Kommen Sie her!–

HAUS DER FAMILIE GRAY INNEN

Mary ist im Sessel beim Kamin eingeschlafen ... erwacht jetzt aber ... und hört die entfernten Rufe ...

Mary steht vom Sessel auf ... geht zum Fenster ... wie im selben Moment auch Dorothy erwacht ...

DOROTHY
War da was? –

Mary nickt ... öffnet das Fenster ... und beide Frauen horchen: Mary am Fenster ... und Dorothy zunächst vom Bett aus ... steht aber dann auf ... und geht ebenfalls zum Fenster ...

... und im selben Moment hören sie wieder die leisen Hilferufe ...

DOROTHY
Es ist William! – Ich erkenne seine Stimme ...

Die beiden Frauen ziehen schnell ihre Mäntel an ...

LANDSCHAFT

*William liegt erschöpft und halb erfroren im Schnee ... und dort
sehen wir jetzt mit ihm wieder das Licht ... nein, es sind zwei Lichter
... und Dorothys und Marys Stimmen:*

MARY
William!

DOROTHY
William!

WILLIAM
Hier! – Hier oben! – Hier oben bin ich! –

Sie hören ihn ... und rennen los ...

WILLIAM
Hier bin ich! –

*Die beiden Frauen rennen den Hügel hinauf ... Dorothy voran. Die
beiden gleiten oft aus ... raffen sich aber wieder auf ... und rennen
weiter ... und erreichen die Anhöhe ... und beide leuchten mit ihren
Laternen in die Nacht ...*

DOROTHY *(schwer atmend)*
Wo bist du?! –

WILLIAM *(kraftlos)*
  Hier! – Hier bin ich ...

*Dort steckt er im Schnee, etwas abseits des Weges ... Dorothy geht zu
ihm, und mit der Laterne bis dicht vor sein Gesicht ...*

WILLIAM
  Ich kann hier nicht mehr raus ...

*Dorothy reicht als Erste ihrem Mann eine Hand ... und dann kommt
auch Mary hinzu ... und nun helfen beide Frauen William aus dem
tiefen Schnee ...*

STADT MORGEN

Es herrscht Alltagsstimmung: Ein jeder geht seines Wegs.

*Ein Pferdeschlitten hält dann vor der Schuhmacherwerkstatt ... und
Mary steigt ab ... bedankt sich beim Bauer fürs Mitnehmen ... und
geht ins Haus ...*

WOHNZIMMER IN JOHN UND MARYS HAUS

*John und Elisabeth horchen mit ernsten Gesichtern Marys Schil-
derungen der Ereignisse der vergangenen Nacht. Sie sitzen in den
Sesseln beim Kamin, während die beiden Buben auf dem Teppich
spielen ...*

LANDSCHAFT

*Einsame Hügel ... und dort die Ruine der Rievaulx-Abbey ... und die
Sterne in der klirrend kalten Nacht ... und weit hinten das Haus der
Familie Gray. Nur in einem Fenster ist Licht zu sehen ...*

HAUS DER FAMILIE GRAY INNEN

William schläft in seinem Sessel beim Feuer. Und nach einer Weile kommt Dorothy im Nachthemd zu ihm … berührt ihren Mann an der Schulter … und William erwacht … sieht seine Frau an … steht auf … und dann gehen beide aus dem Raum.

Und dann ist da nur noch das Feuer und der Sessel … Das kalte Mondlicht scheint durch das Fenster und vermischt sich mit dem goldenen Flackern des Feuers …

… einsam liegen Spielsachen auf Lucys Bett … und im Korb am Boden schläft die Katze, und das Tier hebt erstaunt den Kopf, als ob es etwas gehört hätte …

William und Dorothy scheinen aber nichts gehört zu haben, sie schlafen ruhig und tief im Bett …

Und nun sind wir uns nicht sicher, ob das Folgende Wirklichkeit war oder jetzt nur ein Traum ist:

Es ist Nacht und Lucy geht mit der Laterne in der Hand über die weite Ebene … und dann sind entfernt Williams Hilferufe zu hören … und William sieht das Licht … und ruft um Hilfe …

HAUS INNEN

William und Dorothy schlafen im Bett … doch dann schreckt Dorothy hoch …

DOROTHY
  Sie war es!

Dorothy weckt William …

DOROTHY
William! – William! – Es war Lucy! –

William erwacht …

DOROTHY
William! – Es muss sie gewesen sein! – Du hast zuerst Lucy
gesehen … und erst später Mary und mich … du hast ihr Licht
gesehen! –

WILLIAM
Wovon redest du? –

*Sie gibt ihrem Mann keine Antwort. Wie von Sinnen springt Dorothy
aus dem Bett … und rennt aus dem Haus … in die Nacht …*

WILLIAM
Dorothy! –

HAUS AUSSEN

*Schlaftrunken rennt Dorothy im Nachthemd durch den Schnee …
und William hat Mühe, seine Frau einzuholen …*

*Doch dann kann er seine Frau am Arm fassen … und versucht, sie zu
beruhigen …*

WILLIAM
Dorothy! –

DOROTHY
Es muss Lucy gewesen sein! –

WILLIAM
Beruhige dich doch ... du hast geträumt ... du hast nur geträumt ...

Dorothy weint ... und dann gehen beide wieder ins Haus ...

HAUS INNEN

Dorothy sitzt eingewickelt in einer Wolldecke im Stuhl beim Feuer ... und William kocht Tee.

DOROTHY
Ich weiß jetzt, wie alles geschehen ist ... du hast doch ein Licht
gesehen ... aber, das waren nicht wir. Mary und ich waren noch
im Haus, als wir dich rufen hörten ... – Könnte es nicht Lucy
gewesen sein? –

WILLIAM
Lucy? – Nein, nein ... an so etwas glaube ich nicht ...

DOROTHY
Aber durch sie bist du vielleicht gerettet worden ...

WILLIAM
Du irrst dich! So etwas gibt es nicht! Wenn es nicht euer Licht
gewesen ist, dann war da draußen irgendwer ... irgendwer, der
mich aus weiß Gott welchen Gründen nicht hören konnte. Du
hast vorhin geträumt ... du hast wirklich nur geträumt ...

Dorothy sagt nun nichts mehr ... sie sitzt völlig versteinert da ...

HAUS INNEN TAG

*William trägt das Essen auf ... und schaut währenddem nachdenklich
in Richtung Kammer im Obergeschoss ... und geht dann hinauf ...*

*William klopft an die Tür ... und öffnet diese dann langsam ... –
Dann sieht er Dorothy ... sie sitzt in ihren wärmsten Kleidern auf
einer Kiste ...*

WILLIAM
  Wir können essen ...

Dorothy gibt keine Antwort ...

WILLIAM
  Dorothy ... so finden wir keinen Weg ... unser Leben geht weiter ... wir dürfen uns nicht gehen lassen ... wir müssen einen
  neuen Sinn suchen ... – Warum redest du nicht mit mir? –

DOROTHY
  Sie fehlt dir überhaupt nicht ... sonst könntest du nicht so reden ... – Ich glaube, du hast kein Herz! –

WILLIAM
  Ich liebe Lucy noch immer ... aber, ich brauche jetzt dich ...

*Sie sagt nichts ... und William wartet noch einen Moment ... und
geht dann.*

*William sitzt alleine am Tisch ... und isst ohne Appetit ... und nach
einer Weile geht er dann wieder zur Kammer hinauf ...*

Dorothy sitzt noch immer auf der Kiste ...

DOROTHY
  Lass mich alleine! – Ich will alleine sein! –

*William schließt die Tür wieder ... und geht dann die Treppe hinun-
ter ...*

172

Dorothy starrt nur immerzu vor sich hin ins Leere … und sagt dann nach einer Weile leise:

Ich möchte zu ihr … lieber Gott, lass mich bitte zu ihr …

COOPERS FARM INNEN

Mr Hinds, der Diener, berichtet soeben Mrs Cooper von den Ereignissen der vergangenen Tage …

MR HINDS
… wir alle haben bei der Suche geholfen, aber das Kind blieb unauffindbar. Für die Eltern muss diese Tatsache schrecklich sein …

MRS COOPER
War schon jemand von euch drüben bei den Grays, um nach ihnen zu sehen?

MR HINDS
Nein … wir hatten noch keine Zeit dazu …

MRS COOPER
Keine Zeit? Ich bin enttäuscht, Donald! Dermaßen gleichgültig behandelt man seine Nachbarn nicht!

MR HINDS
Entschuldigen Sie, Mrs Cooper, aber wir haben bei der Suche geholfen … und zudem hat es sehr stark gestürmt, wir hatten auch hier alle Hände voll zu tun. Wir hatten unglaubliche Angst, dass womöglich noch das ganze Dach davonfliegt. Soviel ich aber weiß, hat sich die Schuhmacherfamilie sehr um die Grays gekümmert.

MRS COOPER
Schon gut, Donald, entschuldige … ich wollte nicht so heftig sein … Ihr habt alle viel getan …

MR HINDS
Ist bei Ihnen und Ihrem Mann wenigstens alles gut gegangen? –

MRS COOPER
Nein, überhaupt nicht. Sie haben sicher bemerkt, wie niederge-
schlagen mein Mann ist ...

MR HINDS
Ich hab vermutet, dass es ihm nicht sehr gut geht ... ist er
krank? –

MRS COOPER
Er ist in seiner Seele zerbrochen ... er hat feststellen müssen,
dass seine Ideen nicht neu sind. – Zu Beginn, als er vor all den
interessierten Zuhörern zu sprechen begann, da sprühte er nur
so vor Begeisterung und Kraft ... bis zu jenem Moment, als
dann einer die Frechheit hatte, ihn mitten in seinem Vortrag zu
unterbrechen. Dieser eingebildete Kerl legte dann Dokumente
vor, die leider eindeutig bewiesen, dass andere schon vor meinem Mann zu denselben Einsichten und Entdeckungen gelangt
waren. Auch die Experimente mit den Pflanzen ... sie waren alle
nicht neu.

MR HINDS
Das tut mir leid ... – Kann ich irgendetwas tun? ... ihm irgend-
wie helfen?

MRS COOPER
Ich glaube, wir helfen ihm am meisten, wenn wir ihn ausruhen
lassen ... Er hat so viele Jahre nur für diese eine Sache gelebt,
dass er nun vollkommen den Boden unter den Füßen verloren
hat ...

MR HINDS
Er hat aber trotz allem noch immer die Farm ... und er hat ja
immer gesagt, dass mit dieser Farm sein größter Traum in Erfül-
lung gegangen sei ... vielleicht gibt ihm dies wieder Kraft und
neuen Mut ...

MRS COOPER

Ich hoffe sehr, dass er es auch so sehen kann ...

MR HINDS

Ich muss gestehen, dass ich ihn oft nicht verstanden habe ... ich
konnte an seine Ideen nie so recht glauben ... aber eine solche
Enttäuschung hätte ich ihm nie gewünscht ... das hat er wirklich nicht verdient ...

MRS COOPER

Ja ... das hat er nicht verdient ... – Ich werde jetzt nach ihm
sehen ... und dann zu den Grays gehen ... vielleicht brauchen
sie noch Hilfe ...

MR HINDS

Soll ich Sie mit dem Schlitten hinüberbringen?

MRS COOPER

Nein danke, Donald, ich werde zu Fuß gehen.

MR HINDS

Wie Sie wünschen, Mrs Cooper ...

Im Schlafraum.

*Mr Cooper liegt mit dem Gesicht gegen die Wand im Bett ... und
dann geht die Tür auf ... und Mrs Cooper schaut zunächst vorsichtig
herein ... und geht dann auf Zehenspitzen zum Bett ... und sieht
nach, ob ihr Mann schläft. Dann wendet sie sich wieder ab ... und
geht hinaus ... und schließt die Tür.*

*Jonathan Coopers öffnet nun die Augen und weint still ... und die
Tränen rollen über seine Wangen ...*

HAUS DER GRAYS INNEN

*Dorothy steht am Fenster und schaut auf den Hof ... und sieht
William sowie Laura Cooper, die nun beide auf das Haus zukom-*

*men und sich währenddem unterhalten. Dann bleiben sie stehen ...
Dorothy kann erahnen, dass Laura Cooper nicht ins Haus kommen
möchte, doch William gibt ihr zu verstehen, dass sie kommen solle ...
(William hat ein Werkzeug in der linken Hand; es ist offensichtlich,
dass er beim Eintreffen Laura Coopers auf dem Hof gearbeitet hat.)*

*Dorothy hat nur ihr Nachthemd an und friert und zittert am ganzen
Körper ...*

*Dorothy geht schnell vom Fenster weg ... und ins Bett. Sie bettet sich
ein ... und stellt sich schlafen, wobei sie der Tür zugewandt liegt ...*

*Schon nach kurzer Zeit hört Dorothy Schritte im Haus, die dann
auf die Schlafzimmertür zukommen. Die Tür wird dann so leise wie
möglich geöffnet ... und William schaut herein. Er glaubt, Dorothy
würde schlafen, und schließt die Tür wieder leise.*

*Dorothy öffnet nun die Augen ... und hebt den Kopf etwas vom Kis-
sen ab ... und horcht in Richtung Tür ...*

*Laura Cooper sitzt am Tisch. William kommt nun zu ihr ... und sie
steht auf...*

WILLIAM
  Sie schläft.

MRS COOPER
  Dann will ich nicht weiter stören ...

WILLIAM
  Du störst nicht. Wir können einen Tee trinken ... bestimmt
  wird sie bald aufwachen ...

MRS COOPER
  Danke, William ... aber ich werde lieber morgen nochmals
  kommen ...

William nickt still.

MRS COOPER
Schlafen ist das Allerbeste, was sie tun kann. Es heilt die Seele
und auch den Körper ...

WILLIAM
Bei mir ist es anders. Ich liege nachts hellwach im Bett. Ich
frage mich immerzu, wo Lucy wohl sein könnte ...

MRS COOPER
Ich wollte, ich könnte mehr tun ... und es tut mir so leid, dass
wir nicht da waren, als ihr uns am dringendsten gebraucht hät-
tet. Ich habe Lucy fast gar nicht gekannt. Ich glaube, ich habe
sie nur einmal gesehen, als ihr beide hier hereingestürmt seid,
um noch mehr Futter für den Hasen zu holen ...

WILLIAM
Ja ... ich kann mich erinnern ...

MRS COOPER
Tja ... dann will ich jetzt aber gehen ...

Sie macht einen Schritt in Richtung Korridor ...

WILLIAM
Ich werde dich ein Stück begleiten ...

HAUS AUSSEN

William und Laura Cooper kommen heraus ...

MRS COOPER
Ich könnte euch einen Knecht und eine Magd schicken ... dann
seid ihr wenigstens etwas entlastet ...

WILLIAM

Das ist nett, Laura ... aber die Arbeit hilft mir ein wenig, nicht den Boden unter den Füßen zu verlieren ...

MRS COOPER

Ich verstehe ... ich hoffe trotzdem, dass du es mir sagst, wenn ich irgendetwas tun kann ...

WILLIAM

Ja ... ich verspreche es ... – Habt ihr eigentlich Kinder? Ich habe noch gar nie gefragt ...

MRS COOPER

Ich habe einen Sohn ... er lebt im Schwarzwald ... er ist schon vierzig Jahre alt ...

WILLIAM

Im Schwarzwald? Davon hab ich noch nie gehört. Wo liegt der?

MRS COOPER

Eine Gegend ganz im Süden Deutschlands. – Unsere Familie hat sich in alle Himmelsrichtungen zerstreut. Mein Bruder ist auch ausgewandert, er wollte nach Neu-England. Er hat jetzt dort eine Farm ... und ist sehr erfolgreich. Und meine Geschichte kennst du ja. Ich werde nie mehr vergessen, wie Jonathan in unserer Stube in Bayern frische Kuhmilch getrunken hat ... und er hat erzählt von sich, von England, und seinen Ideen.

WILLIAM

Viele würden einen Stand wie den seinigen niemals freiwillig aufgeben ...

MRS COOPER

Da hast du recht. Aber er wollte sein Leben ändern ... und er hat es zu einem großen Teil schon geschafft. – Viele denken,

178

er sei verrückt ... und auch die meisten sind der Meinung, wir würden nicht zusammenpassen, dabei ergänzen wir uns sehr gut ... – Eine Schwester hab ich auch noch. Sie lebt in München ... sie hat immer von einem Leben in der Stadt geträumt, hat schon als Kind immer feine Dame gespielt. Sie hat Jonathan deshalb wahrscheinlich nicht verstanden, als ich ihr von ihm erzählt habe. Niemals solle man das aufgeben, was man einmal erreicht hat, waren ihre Worte. – Eine zweite Schwester ist schon früh gestorben, sie wurde nur fünf Jahre alt. Ich habe nur noch wenige Erinnerungen an sie.

WILLIAM
Und die Eltern?

MRS COOPER
Vater und Mutter sind schon viele Jahre tot ...

WILLIAM
Der Tod meiner Eltern war für mich schlimm. – Dorothys Eltern leben noch ...

MRS COOPER
Ich hatte noch einen zweiten Sohn ... er ist mit zehn Jahren gestorben. Er ist vom Pferd gestürzt ... und er war sofort tot. Aber das ist schon einige Jahre her ... – auch ihn hab ich zurückgelassen in Deutschland ... aber auch wenn ich nicht mehr auf sein Grab gehen kann ... ich denke trotzdem sehr oft an ihn ... und jetzt noch mehr, seit das mit Lucy geschehen ist.

WILLIAM
Lucy hat kein Grab ... und das ist besonders schlimm. Es gibt keinen Ort, an dem ich mein Kind noch besuchen könnte ... – das heißt aber nicht, dass es viel einfacher wäre, wenn es ein Grab gäbe ...

MRS COOPER
Es kann helfen ... Aber die schreckliche Ungewissheit macht bestimmt alles schlimmer.

WILLIAM
    Ja. – Lucy ist einfach fort …

William schaut zurück zum Haus …

WILLIAM
    Es wird Dorothy bestimmt helfen, wenn sie mit dir dann darü-
    ber reden kann …

Laura Cooper bleibt stehen … und William auch …

MRS COOPER
    Ich denke, du solltest sie nicht zu lange alleine lassen …

William nickt nachdenklich.

WILLIAM
    Grüße Jonathan …

MRS COOPER
    Ja, werde ich machen … – dann bis morgen.

Laura Cooper geht weiter … und William wieder zurück zum Haus.

HAUS INNEN

*William kommt vom Korridor in den Wohnraum … und findet die
Tür zum Schlafraum offen vor. Er geht hin … und schaut zum Bett,
das nun aber leer ist …*

WILLIAM
  Dorothy?! –

*Instinktiv rennt William nun ins Obergeschoss ... und zur kleinen
Kammer. Mit einem heftigen Ruck stößt er die Tür auf ... und dann
sieht er Dorothy in ihrem Blut auf dem Boden kauern, mit blassem
Gesicht. Sie hält mit der rechten Hand den linken Arm, aus dessen
Handgelenk Blut tropft ...*

*William stürzt zu seiner Frau ... und bindet nervös ein Tuch um das
blutende Gelenk ... und trägt Dorothy dann hinunter in ihr Bett ...*

Etwas später:
*Dorothy liegt im Bett und schläft. Laura Cooper sitzt auf dem Bett-
rand, steht nun aber auf und verlässt den Schlafraum und geht in
den Wohnraum ... und setzt sich an den Tisch. Hier sitzt bereits William und umklammert eine Tasse ...*

MRS COOPER
  Unverändert ... wenn sie aufwacht wird sie starke Schmerzen
  haben. Doktor Robins kommt aber bestimmt gleich, wenn er
  aus Whitby zurück ist.

William nickt, ohne ein Wort zu sagen.

STADT STRASSE

Ein Bursche rennt durch die Straße ... und zum Haus des Schusters ...

Er stürzt aufgeregt in die Werkstatt ...

WERKSTATT INNEN

John und der Gehilfe sehen von ihrer Arbeit auf ...

BURSCHE
Da wird doch ein kleines Mädchen vermisst, und wir haben ein
Kind zum Einsargen, sie liegt bei uns! Die Todesursache war
Erfrieren!

John steht nun sehr aufgeregt von seinem Platz auf …

JOHN
Einen Augenblick, ich hole meine Frau …

BEIM LEICHENBESTATTER

*Der Bursche führt Mary, John, und den Gehilfen in den Leichen-
raum. Fünf Särge stehen herum … und einer davon ist ein Kinder-
sarg.*

BURSCHE
Hier … hier ist die Kleine …

… und deutet auf den kleinen Sarg.

*Mary, John, und der Gehilfe sind sehr bedrückt … und wagen nicht
so recht, nahe zu dem Sarg hinzugehen.*

*Der Bursche öffnet nun den Deckel … und bittet die drei näher her-
anzutreten …*

BURSCHE
Ist sie das? …

*Mary geht als Erste einige Schritte vor … und betrachtet das kleine
Mädchen …*

Mary braucht eine Weile, um sich ganz sicher zu sein: Sie ist es nicht.

Mary holt tief Luft ... und schüttelt dann den Kopf ...

MARY
Nein ... nein ... sie ist es nicht ...

BURSCHE
Nein? ... aber ...

Mary verlässt schnell den Raum ... und John und der Gehilfe dann ebenso, ohne aber das Kind angesehen zu haben ...

STRASSE

Mary muss noch immer tief Luft holen. John und der Gehilfe kommen nun hinzu ...

JOHN
Geht es?

MARY
Ja ...

Der Bursche kommt nun aus dem Haus ... und nähert sich vorsichtig und nachdenklich der Gruppe ...

BURSCHE
Das bringt für uns neue Schwierigkeiten ... wir haben gehofft, dass Sie uns helfen könnten ... Wir haben nun keine Ahnung, wer die Kleine ist ...

MARY
Was? – Wird sonst kein Mädchen vermisst? Aber ... dieses Kind

muss doch von jemandem vermisst werden. Wo wurde sie denn überhaupt gefunden?

BURSCHE
Im Moor ... sie lag einfach dort ...

MARY
Im Moor? Könnte es doch Lucy sein? Ich habe keine Ahnung, wie schnell sich Tote verändern. Könnte es sein, dass es doch Lucy ist ... und wir sie nicht mehr wiedererkennen?

BURSCHE
In diesem Fall nicht. Die Kleine ist noch gut erhalten ... ist noch nicht lange tot. Aber bei der Kälte kann ich das nicht mehr so genau sagen. Sie haben es ja selber gesehen, sie ist nicht entstellt ... sie hat also nicht viel anders ausgesehen, als sie noch gelebt hat ...

MARY
Dann ist es doch nicht Lucy ... Aber wer ist sie dann? Gibt es Eltern, die ihre Kinder nicht vermissen, wenn sie plötzlich nicht mehr nach Hause kommen?

BURSCHE
Ja, das gibt es. Dies hier ist nicht der erste Fall.

MARY
Schrecklich ...

BURSCHE
Es werden nur sehr selten Vermisstmeldungen aufgegeben. Die wenigsten Menschen wissen, dass dies helfen kann. Sie glauben gar nicht, wie viele Leute einfach verschwinden, ohne je wieder gesehen zu werden. Die Kleine dort drinnen hatte noch Glück.

MARY
Glück?! Aber sie ist tot!

BURSCHE
Ja, sie ist tot ... aber sie wird immerhin beerdigt ...

MARY

Aber keine Eltern vermissen sie! ... und da reden Sie von
Glück?! – Ich finde es grauenvoll!

JOHN

Mary ... bitte ...

MARY

Sie sagten, eine Vermisstmeldung kann Erfolg bringen?

BURSCHE

Natürlich, denn jedes Dorf und jede Stadt erhält dann eine
Suchmeldung ... auch die Armenhäuser. Bei einem Kind sieht
die Sache aber etwas schlechter aus ... viele verschwinden in
Fabriken und Bergwerken. Keine Menschenseele kümmert sich
darum, ob alle dort arbeitenden Kinder auch Eltern und ein
ordentliches Heim haben ...

MARY

Und trotzdem raten Sie uns noch dazu?

BURSCHE

Natürlich. Man kann nie wissen. Vielleicht findet sich Ihre
Vermisste auch in einem Waisenhaus wieder ...

MARY

In einem Waisenhaus? *(und zu John und dem Gehilfen)* Wir
werden noch alle Waisenhäuser absuchen ... daran hat noch
keiner gedacht!

BURSCHE

Das schaffen Sie nicht ... denken Sie nur mal an die Reisekos-
ten. Eine Vermisstmeldung ist die einzige Möglichkeit ...

MARY

Haben Sie für das arme Kind dort drinnen noch Hoffnung, die
Eltern zu finden?

BURSCHE

Nein, keine ... wir können auch nicht mehr länger zuwarten,

wir werden sie noch heute beerdigen ... sie wird namenlos bleiben ...

MARY
Dann werde ich jetzt für William und Dorothy noch eine Vermisstmeldung aufgeben, ich glaube kaum, dass die beiden das schon getan haben ...

BURSCHE
Dann sagen Sie aber dem Beamten, er solle die Sache schnell bearbeiten ... alle umliegenden Dörfer müssen die Meldung baldmöglichst erhalten ...

JOHN
Sollen wir mitkommen?

MARY
Nein, nein, ich mach das schon ...

Mary geht nun nachdenklich fort ...

BURSCHE *(zu John und dem Gehilfen)*
Ich sage immer, das Moor gibt nur wenige wieder her.

JOHN
Wie viele von all den Vermissten wurden schließlich gefunden?

BURSCHE
Keiner ... Die Kleine zählt da nicht, sie wurde ja nicht vermisst.

EINE AMTSKANZLEI INNEN

Ein älterer Beamter steht an seinem Pult und ist mit irgendeiner Akte beschäftigt. Vor ihm liegt viel Papierkram, und auch im Hintergrund türmen sich Akten und Bücher ... Mary sitzt ihm gegenüber. Der Beamte lässt Mary warten, arbeitet nachdenklich weiter ... und nach einer Weile fragt er, ohne von seiner Akte aufzusehen:

Seit wann vermissen Sie das Kind? –

MARY
Seit vorgestern ... es ist die Tochter meiner Freundin ...

BEAMTER *(schreit ins Nebenbüro)*
Matthew! – Matthew!–

Mary blickt ins Nebenbüro. Auch dort ist ein Schreibtisch mit vielen Akten, aber peinlichste Ordnung herrscht ...

Ein junger Angestellter kommt nun herüber geeilt ...

ANGESTELLTER
Ja, Sir? –

BEAMTER
Ist dir eine Meldung über ein Kind zugekommen? –

ANGESTELLTER
Wie ist der genaue Sachverhalt, Sir? –

BEAMTER
Das Kind wird seit vorgestern vermisst ... es wurde vom Schneesturm überrascht und ist vielleicht aufgefunden worden ... ein sechsjähriges Mädchen ...

ANGESTELLTER
Wie ist der Name? –

BEAMTER *(zu Mary)*
Wie sagten Sie, ist der Name? –

MARY
Lucy Gray ...

ANGESTELLTER
Ich werde nachsehen ...

*Der junge Mann enteilt wieder in sein Büro ... und sucht dort in den
Akten. Mary beobachtet dies nachdenklich ...*

MARY *(zum Beamten)*
    Vielleicht können Sie die Angelegenheit bevorzugt bearbeiten
    ... und es an alle Dörfer und auch an die Waisenhäuser melden.

BEAMTER
    Wir werden alles Notwendige veranlassen ...

*Der Beamte schreibt nun wieder an seiner Arbeit weiter ... wirft
dann aber einen Blick zum Nebenbüro hinüber ... und wendet sich
dann an Mary:*

    Ist das Ihr Kind?

MARY
    Nein, die Tochter meiner Freundin ...

Der junge Mann sucht im Nebenbüro noch immer ...

BEAMTER
    Er ist noch neu ... aber sehr gewissenhaft.

Dann kommt der junge Mann wieder herbeigeeilt ...

ANGESTELLTER
    Tut mir leid, Sir ... es ist keine Meldung eingegangen ...

BEAMTER *(zu Mary)*
    Sie haben es gehört ... dann werden wir also alles Notwendige
    veranlassen ...

MARY
Und ich muss nichts Weiteres unternehmen?

BEAMTER
Nein ... nichts ...

MARY
Ja, dann ... vielen Dank ... und auf Wiedersehen ...

Mary verlässt das Büro ... und schließt die Tür ...

ANGESTELLTER
Soll ich eine Akte anlegen, Sir?

BEAMTER
Eine Akte? – Wozu denn das?! –

ANGESTELLTER
Ich dachte nur, Sir ... wir haben es doch mit einem neuen Fall
zu tun ...

BEAMTER
Glaubst du tatsächlich, wir hätten noch nicht genug Arbeit?! –

... und deutet auf die Papierberge an der Wand ...

ANGESTELLTER
Habe verstanden, Sir ...

Der junge Mann eilt zurück in sein Büro ...

STRASSE

Mary steht mit dem Rücken zur Amtskanzlei auf der Straße ... und schlingt ihren Schal nun etwas fester um den Kopf ... und geht die Straße runter. Dann verliert sich Mary in der alltäglichen Geschäftigkeit der Stadt ...

HAUS DER FAMILIE GRAY AUSSEN

Die Haustür wird geöffnet ... und Laura Cooper kommt heraus ... wird von William verabschiedet ... und nimmt dann den Weg in Richtung ihrer Farm ...

HAUS INNEN ETWAS SPÄTER

William sitzt auf einem Stuhl neben Dorothys Bett. Dorothy schläft.

HAUS INNEN ABEND

William sitzt im schwachen Licht einer Kerze bei Dorothy ... ansonsten herrscht Dunkelheit im Haus ... William sieht nachdenklich zu Dorothy ...

Dann schläft William im Stuhl ein ...

Dann schlägt die Kaminuhr 11 Uhr ...

William erwacht ... und legt sich aufs Bett neben Dorothy ...

LANDSCHAFT NACHT

Wind kommt auf ... Wolken ziehen ...

HAUS INNEN FRÜHER MORGEN

Dorothy schläft unruhig ... und scheint zu träumen ...

Dann erwacht sie ... steht auf ... und geht sogleich zum Fenster ...

*und schaut durch die trüben Scheiben … wendet sich dann ab …
zieht schnell ihren Mantel und die Stiefel an … und geht vors Haus.*

HAUS AUSSEN

Es ist ein nasskalter Morgen … Nebel zieht vorüber … und hüllt zeitweise alles ein …

Dorothy steht im Wind … und schaut und horcht …

*Da ist nur das weite Feld … und dort die knorrigen, alten Bäume …
und die weiße Dünung …*

… und dann hört Dorothy das zarte Summen eines Kindes …

Dorothy horcht … und erkennt Lucys Lied …

*Dorothy ruft zaghaft den Namen ihrer Tochter … und späht in den
Nebel, doch so sehr sie sich auch anstrengt, sie kann das Kind nicht
sehen …*

HAUS INNEN

*William erwacht … und sieht, dass die Haustür halb offen steht …
und geht von Panik erfüllt nachsehen …*

HAUS AUSSEN

*William bleibt in der Tür stehen … schaut zu Dorothy … will dann
etwas sagen … hört aber im selben Moment ebenfalls Lucys Lied …
und geht zu Dorothy hin … und beide halten sich … und horchen
zusammen in das weite Land …*

LANDSCHAFT EINIGE MONATE SPÄTER

*Da liegt das weite Moor ... und die Schneeschmelze hat bereits einge-
setzt ... und an einigen Stellen schaut die nackte Erde hervor ...*

*... und immer mehr weicht der Schnee nun dem Frühling, der die
Landschaft dann wieder in neuen und frischen Farben erscheinen
lässt ...*

*... und dort in der Talmulde liegt die Farm der Grays ... im warmen
Licht ...*

*Dann kommt der Sommer ... und die Natur nimmt die Menschen
weiter mit, in ihrem Lauf der Zeit ...*

ENDE

PERSONEN IN DER REIHENFOLGE IHRES AUFTRITTS:

William Gray, ca. 32 Jahre alt
Dorothy Gray, ca. 28 Jahre alt
Lucy Gray, ca. 6 Jahre alt

Ein Bote, ca. 30 Jahre alt
Gefängniswärter, ca. 40 Jahre alt

Mr Colley, der vornehmste unter den Gefangenen, ca. 50 Jahre alt
2. Gefangener,   ca. 30 Jahre alt
3. Gefangener,   ca. 60 Jahre alt
4. Gefangener,   ca. 18 Jahre alt

1. Kutscher, ca. 45 Jahre alt
2. Kutscher, ca. 30 Jahre alt

John, Schuhmacher; William Grays Freund, ca. 38 Jahre alt

Ein Betrunkener im Ale House, ca. 60 Jahre alt
Ein weiterer Gast im Ale House, ca. 40 Jahre alt

Gefängnisbeamter in Helmsley, ca. 60 Jahre alt
Elisabeth Bunn, Gefangene, 25 Jahre alt

Mr Mc Dowell, Landvermesser, ca. 45 Jahre alt
Der Leiter der Bergungstruppe beim verunglückten Gefangenenwagen, ca. 40 Jahre alt;
sowie zusätzliche 5 Männer, zwischen 20 und 50 Jahre alt

Donald Hinds, Mr Coppers 1. Diener, ca. 55 Jahre alt
Malcolm Palin, Mr Coopers 2. Diener, ca. 30 Jahre alt

Knecht auf Mr Coopers Farm, ca. 40 Jahre alt
Zwei weitere Knechte, ca. 30 und 40 Jahre alt

Bayrische Magd, ca. 20 Jahre alt
Bayrische Magd, ca. 22 Jahre alt
Laura Cooper, Mr Cooper Frau, ehemals Bäuerin in Bayern, ca.
60 Jahre alt

Mary, Johns Frau, ca. 34 Jahre alt
Johns Gehilfe, ca. 25 Jahre alt

John jr.,
Oliver   (John und Marys Kinder, ca. 8 und 10 Jahre alt)

Jonathan Cooper, zum Bauer gewordener Adliger, ca. 70 Jahre alt

Charlotte, Freundin von Mr O'Neill, ca. 25 Jahre alt
Robert, Mr O'Neills Diener, ca. 40 Jahre alt
Mrs Waters, Mr O'Neills Wirtschafterin, ca. 55 Jahre alt
Die Köchin, ca. 30 Jahre alt

Gemischtwarenladenbesitzer, ca. 60 Jahre alt

Ein kleines Mädchen, das große Ähnlichkeit mit Lucy hat,
ca. 6 Jahre alt

Knaben, ca. 10 und 12 Jahre alt

Sarah, eine Freundin Marys, ca. 26 Jahre alt
Ein Betrunkener, ca. 60 Jahre alt
Bruce, ein Wirt, ca. 50 Jahre alt

194

Ein Kellerbursche, ca. 18 Jahre alt

Der Wagner
Der Schmied
Der Bäcker
sowie deren Gehilfen

Der Reverend, ca. 70 Jahre alt

Mr O'Neill, Fabrikbesitzer, ca. 60 Jahre alt

Elisabeth, eine Bekannte von John und Mary, und die Freundin
von Johns Gehilfen, ca. 24 Jahre alt

Audrey, ein kleines Mädchen, ca. 5 Jahre alt
Karen, Audreys Mutter, ca. 30 Jahre alt
Zwei Burschen des Suchtrupps, ca. 20 und 25 Jahre alt

Eine junge Frau mit Ihrem Säugling, 23 Jahre alt
Der Mann der jungen Frau, 30 Jahre alt

Bursche des Leichenbestatters, ca. 30 Jahre alt

Ein Beamter, ca. 50 Jahre alt
Ein Angestellter, ca. 22 Jahre alt